老舍 著

牛天赐传

云南出版集团
云南人民出版社

果麦文化 出品

目 录

一　天官赐福

要不是卖落花生的老胡，我们的英雄也许早已没了命；即使天无绝人之路，而大德日生，大概他也不会完全像这里所要述说的样子了。机会可以左右生命，这简直无可否认，特别是在这天下太平的年月。他遇上老胡，机会；细细地合算合算，还不能说是个很坏的机会。

不对，他并没有遇上老胡，而是老胡发现了他。在这个生死关头，假如老胡心里一别扭，比如说，不爱多管闲事，我们的英雄的命运可就很可担心了。是这么回事：在这个时节，他无论如何也还不会招呼老胡或任何人一声，因为他是刚降生下来不到几个钟头。这时候他要是会说话，而很客气地招呼人，并不见得准有他的好处；人是不可以努力太过火的。

老胡每天晚上绕到牛宅门口，必定要休息一会儿。这成了一种习惯。他准知道牛氏老夫妇决不会照顾他的；他们的牙齿已过了嚼糖儿豆儿的光荣时期。可是牛宅的门洞是可爱的，洁净而且有两块石墩，正好一块坐着，一块放花生筐子，好像特为老胡预备下的。他总在这儿抽袋烟，歇歇腿，并数一数铜子儿。有时候还许遇上避风或避雪的朋友，而闲谈一阵。他对这个门洞颇有些好感。

我们的英雄出世这一天，正是新落花生下市的时节，除了深夜还用不着棉衣。天可是已显着短了；北方的秋天有这个毛病，刚一来到就想着走，好像敷衍差事呢。大概也就是将到八点吧，天已然很黑了，老胡绕到“休息十分”的所在——这个办法不一定是电影院的发明。把筐子放好，他掏出短竹管烟袋；一划火柴，发现了件向来没有在那里过的东西。差点儿正踩上！正在石墩前面，黑糊糊的一个小长包，像“小人国”的公民旅行时的行李卷，假如小人国公民也旅行的话。又牺牲了根火柴，他看明白了——一个将来也会吃花生的小家伙。

老胡解开怀就把小行李卷揣起来了。遇到相当的机会，谁也有母性，男人胸上到底有对挂名的乳啊。顾不得抽烟了，他心中很乱。无论是谁，除了以杀人为业的，见着条不能自己决定生还是死的生命，心中总不会平静。老胡没有儿女，因为没娶过老婆。他的哥哥有儿子，但是儿子这种东西总是自己的好。没有老婆怎能有儿子呢？实在是个问题。轻轻地拍着小行李卷，他的心中忽然一亮，问题差不多可以解决了：没有老婆也能有儿子，而且简单得很，如拾起一根麻绳那么简单。他不必打开小行李卷看，准知道那是个小男孩，私生的小孩十个有八个是带着小麻雀的。

继而一想，他又为了难：小孩是不能在花生筐子里养活着的，虽然吃花生很方便，可是一点的小娃娃没有牙。他叹了口气，觉得做爸爸的希望很渺茫。要做爸爸而不可得，生命的一大半责任正是竹篮打水落了空！

不能再为自己思索了，这太伤心。

假如牛老夫妇愿意收养他呢？想到这儿，老胡替小行李卷欢喜起来。牛老夫妇是一对没儿没女而颇有几个钱的老绝户，这条街上谁都知道这个，而且很有些人替那堆钱不放心。

他拍门了，正赶上牛老者从院里出来。老胡把宝贝献出去。牛老者是五十多岁的小老头，不怎么尊严，带出来点怕太太的精神，事实上也确是这样。老者接过小英雄去，乐得两手直颤："在这儿捡起来的？真的？真是这里？"

老胡蹲下去，划了根火柴，指明那个地方。老者看了看，觉得石墩前确有平地跳出娃娃的可能："只要不是从别处拾来的就行；老天爷给送到门上来，不要就有罪，有罪！"可是，"等等，我请太太去。"老者知道——由多年的经验与参悟——老天爷也大不过太太去。他又舍不得放下天赐的宝贝，"这么办好不好，你也进来？"于是大家连同花生筐子一齐进去了。

牛老太太是个五十多岁，很有气派的小老太太，除了时常温习温习欺侮老头儿（无论什么都是温故而知新的），连个苍蝇也舍不得打死——自然苍蝇也得知趣，若是在老太太温习功课的时节飞过来，性命也不一定安全，老太太在动气的工夫手段也颇厉害。

老者把宝贝递给了太太。到底太太有智慧，晓得非打开小卷不能看清里边的一切。一揭开上面，露出个红而多皱的小脸，似乎活得已经不大耐烦了。老太太的观察力也惊人："哟！是个小娃娃！"越往下看越像小娃娃，可是老太太没加以什么批评（真正的批评家懂得怎样谨慎）。直到发现了那小小的男性商标，她才决定了："我的小宝贝！"这个世纪到底还是男人的，虽然她不大看得起牛老者。

"咱们，咱们……"老者觉得非打个主意不可，可是想不出；即使已想出，也不便公然建议。

"哪儿来的呢？"老太太还不肯宣布政策，虽然已把娃娃揣在怀中。

老者向老胡一努嘴：远来的和尚会念经。

老胡把宝物发现的经过说了一番，而后补上："我本想把他抱走，我也没有儿子，可是老天爷既是把他送到府上来了，我怎能逆天行事呢！"他觉出点替天行道的英雄气概。

"你也看明白了那个地方？"老太太向老头儿索要证据。

"还摸了摸呢，潮渗渗的！"老者确知道自己不敢为这个起誓。

"真是天意，那么？"老太太问。

“真乃天意！”两位男子一齐答对。

这时候，第三位男子恐怕落后，他哭了。在决定命运的时机，哭是必要的。

“宝贝，别哭！”老太太动了心，“叫，叫四虎子找奶妈去！”

老胡看明白，小行李卷有了吃奶的地方；人生有这么个开始也就很过得去了。他提起花生筐子来，可是被老太太拦住：“多少次了，我们要抱个娃娃，老没有合适的；今天老天爷赏下一个来，可就省事多了。可是，不许你到外边说去！哼。”她忽然灵机一动，又把小行李卷抱出来，重新检查，这回是由下面看起。果然发现了，小细腿腕上拴着个小纸片。“怎样！”老太太非常地得意。

老头儿虽没有发现的功绩，但有识字的本事，把小纸片接过去，预备当众宣读。老者看字大有照相的风格，得先对好了光，把头向前向后移动了好几次。光对好了，可是，“嗯？”又重新对光，还是“嗯，怎么写上字又抹去了呢？”

老太太不大信任老伴儿的目力，按着穿针的风格，噘着唇，皱着眉，看了一番。果然是有字又抹去了。

什么意思呢？

“看看后边！”老太太并非准知道后边有字，这是一个习惯——连买柿子都得翻过来看看底面。

后面果然也有字，可是也涂抹了。

“这个像是‘马’字。”老者自言自语地猜测。

老胡福至心灵，咂摸透了点意思：“不是男的，就是女的，总有一个姓马的；谁肯把自己的娃娃扔了呢，所以写上点字儿；又这么一想啊，不体面，所以又抹去了：就好像墙上贴了报单儿，怪不好看的，用青灰水抹抹吧，一个样；大概呀，哼，有难说的事！”老胡为表示自己的聪明，话来得很顺畅；可是忽然想起这有点不利于小行李卷，赶紧补充上：“可也不算什么，常有的事。”还觉得没完全转过弯儿来，正要再想，被老太太接了过去：

“有你这么一说！”

老胡觉得很对不起小行李卷！

可是老太太照旧把娃娃揣起去了，接着说：“虽然是老天爷赏的，可并不像个雪花，由天上掉下来；他有父母！要不怎么我嘱咐你呢，你听过《天雷报》？这是一；我们不愿以后人家小看他，这是二。你别给喧嚷去。给他十块钱！”末一句是对牛老者下的令。

十块钱过了手，老者声明：“六块是太太的，四块是我的。”

老胡怪不好意思的，抓了把花生放在桌上：“山东人管花生叫长生果，借个吉利，长命百岁！”

老太太听着很入耳：“再给他十块，怪苦的，只要别上外边说去！”

老胡起了誓，决不对任何人去说。于是十块钱又过了手，照样是“太太的六块，我的四块”。

老胡走了。

“四虎子这小子上哪儿玩去了？！”老者找不到四虎子，“我去，我自己去！”

“找不到奶妈就不用回来，听明白没有？”老太太鼓励着老伴儿。

“找到天亮也得把她找着！”老者也很愿努力。

老者走后，老太太细看怀中的活宝贝，越看越爱。老太太眼中没有难看的娃娃，虽然刚生下来的娃娃都那么不体面。嘴上有个肉岗，这便是高鼻梁。看这一脑袋黑头发，其实未必有几根，而且绝对的不黑。眼睛，更不用说，自古至今向无例外，都是大的。老太太的想象是依着慈爱走的，在看娃娃的时节。

拍着，逗着，歪着头看，牛老太太乐得直落泪。五十多岁有了儿子！而且是老天爷给放在门口的。就说是个丫环或老妈子给扔在这儿吧，为什么单单扔在“这儿”，还不是天意？这一层已无问题。然后盘算着：做什么材料的毛衫，什么颜色的小被子，裁多少块尿布。怎样办三天，如何做满月。也就手儿大概地想到：怎样给他娶媳妇，自己死了他怎样穿孝顶丧……

可是，怎么通知亲友呢？一阵风由天上刮下个娃娃，不大像话。拾来的，要命也不能这么说，幸而四虎子没在家，又是天意，这小子的嘴比闪还快。老刘妈，多么巧，也出去了，她的嘴也不比闪慢。两条闪都没在家就好办了，就说是远本家承继过来的——在很远很远的地方住。不对，住得那样远，怎能刚落草就送到了呢？近一些吧，刚生下来，娘就死了，不能不马上送来，行；可怜的小宝贝！

叫什么呢？“天意”“天来”，都不好。“天来”像当铺的字号；“天意”，不是酱园有个“老天义”吗？天——反正得有个天，“天官赐福”，字又太多了。哼，为什么不叫“天赐”呢？小名呢，“福官”！老太太一向佩服金仙庵的三位娘娘，而不大注意孔圣人，现在更不注意他了。

这样，我们的英雄有了准家准姓准名。

二　歪打正着

合起来说，咱们算是不晓得牛天赐的生身父母是谁。这简直是和写传记的成心作难。跑马场上的名马是有很详细的血统表系的；咱们的英雄，哼，自天而降！怎么，凭着什么，去解释与明白他的天才、心力与特性等等呢？这些都与遗传大有关系。就先不提这些，而说他的面貌神气；这也总该有些根据呀。眼睛像姥姥，一笑像叔父，这才有观念的联合，而听着像回真事儿。人总得扛着历史，牛必须长着犄角。咱们的英雄，可是，像块浮云，没根儿。

怎么办呢？

只有两个大字足以帮助我们——活该。

这就好办多了。不提人与原始阿米巴或星云的关系，而干干脆脆卖什么吆喝什么。没家谱，私生子，小行李卷，满都活该。反之，我们倒更注意四外敲打这颗小小的心的东西是什么。因为这些是有案可查，一个萝卜一个坑的。没有猜测，造谣，与成见的牛老夫妇，四虎子，小毛衫，尿垫子……是我们不敢忽略的；这些便是敲打那颗小心的铁锤儿们。遗传，在“心”的铸造上，大概不见得比教养更有分量。咱们就顺着这条路走吧，先说说牛老者。

世上有许多不容易形容的人，牛老者便是一个。你刚把光对好，要给他照了，他打个哈欠；幸而他没打哈欠，照上了；洗出来一看，他翻着白眼呢。他老从你的指缝里偷着溜开。你常在介绍医生、神相麻子丰等等的广告中看到他的名字，你常在大街、庙会、股东会议、商会上遇见他，可是他永远不惹你特别注意他。老那么笑不唧的，似乎认识你，又似乎不大认识；有时候他能忘了自己的姓，而忽然又想起来。你似乎没听过他说话，其实他的嘴并没闲着，只是所说的向无打动人心的时候；他自己似乎也知道：他说不说，你听不听，都没关系。他有时候仿佛能由身里跳出来，像个生人似的看看自己，所以他不自傲，而是微笑着自慰：“老牛啊，你不过是如此。”自然他不能永远这样，有时候也很能要面子，摆架子。可是摆上三五分钟，自己就觉出底气不足，而笑着拉倒了；要不然牛太太怎会占了上风呢。假若他是条鱼，他永远不会去抢上水，而老在泥上溜着。

这可并非是说，他是个弱者，处处失败。事实上，他很成功。他不晓得怎么成的功。他有种非智慧的智慧，最善于歪打正着。他是云城数得着的人物。当铺、煤厂、油酒店，他全开过，都赚钱。现在他还有三个买卖。对什么他也不是真正内行，哪一行的人也不诚心佩服他。他永远笑着"碰"。可是多少回了，这种碰法使金钱归了他。别人谁也不肯要的破房，要是问到了他，恰巧他刚吃完一碗顺口的鸡丝面，心里怪舒服："好吧，算我的吧。"这所破房能那么放个七八年，白给人住也没人去，因为没有房顶。可是忽然有那么一天，有人找上门来，非要那块地方不可，只有那块地方适于开医院。他赚了五倍的钱。"好吧，算你的了。"他一笑，没人知道这一笑的意思是什么，他自己也不知道。他有这么种似运气非运气，似天才非天才，似瞎碰非瞎碰的宝贝。他不好也不坏，不把钱看成命，可是洋钱的响声使他舍不得胡花。他有一切的嗜好，可是没瘾。戏的好歹，他一向不发表意见；听就听，不听也没什么。酒量不大，将要吃过了量的时候也不怎么就想起太太来，于是没喝醉，太太也没跟他闹，心里很舒坦。烟是吸哈德门牌的，吸到半截便掐灭，过一会了再吸那半截，省烟与费火柴成了平衡；他是天生的商人。

就是没儿子，这个缺点，只有这个缺点，不能以一笑置之。可是当太太急了的时候，他还得笑："是呀，是呀，我没只怨你呀，两人的事，两人的事。"分担了一半过错，太太也就不便赶尽杀绝，于是生活又甜美起来——太太不生气，儿子只好另说吧。然后睡得很好，在梦里听说麦子要长价，第二天一清早便上了铺子，多收麦子。果然又赚了一笔。

牛老者的样子不算坏，就是不尊严，圆脸，小双下巴，秃脑顶，鼻子有点趴趴着，脑面很亮，眼珠不大灵动，黄短胡子，老笑着，手脚短，圆肚子，摇动着走，而不扬眉吐气，浑身圆满而缺乏曲线，像个养老的厨子。衣服的材料都不坏，就是袖口领边的油稍多，减少了漂亮。帽子永远像小着一号，大概是为脱帽方便，他的爱脱帽几乎是种毛病。一笑，手便往帽檐上去了；有时候遇上个好事的狗，向他摆尾，他也得摸摸帽檐。每一脱帽，头上必冒着热气，很足引起别人的好感——揭蒸锅似的脱帽，足见真诚。

有两条路他可以走：一条是去做英国的皇帝，一条是做牛老者。他采取了这第二条，唯一的原因是他没生下来便是英国的皇太子；要不然他一定能做个很好的皇帝，不言不语的，笑嘻嘻的，到国会去说话都有人替他预备好了。

说真的，假如牛老太太是他，而他是牛老太太，他一定会成个更大着许多的人物。可是老天爷常把人安排错了，而历史老使人读着起急。牛老太太比他厉害得多，可是偏偏投了女胎，除了欺侮老伴儿，简直没有英雄用武之处。她天生的应当做个英雄，而做了个主妇。自然她看不起丈夫。她顶适于做英雄了，第一项资格她有——自私。世界是为她预备下的。可惜她的世界太小。但是在这小世界里，她充分地施展着本领。四虎子是她的远亲，老刘妈是她从娘家特选了来的。不跟她有点关系的不用打算在牛宅立住脚。牛老者不是她由娘家带来的，这是个缺点，可是不好意思随便换一个，那太不官样。

她很看不起牛老者。不错，他弄了不少的钱；但是她要是个男的，岂止是弄钱；声名，地位，吃喝玩乐，哪样也得流水似的朝着她来。跟老牛一辈子，委屈点。他没有大丈夫的狠毒手段，只是对付将就。他的朋友们吃他喝他，还小看他。所以除了她娘家的人，她向来不肯热诚地招待。一把儿土豆子——她形容他的朋友们。她的娘家是做官的。虽然她不大识字，她可是有官气。她知道怎样用仆人，怎样讲排场，怎样讲身份。他都不懂。也就是做官的娘家父亲死了，要不然她简直没法回娘家去。带着土豆子的丈夫见做官的父亲？丢人！当初怎说这门子亲事来的？她常常纳闷。

她很希望得个官样的儿子——拿老牛的钱，拿自己的理想，一定会养起个体面儿子。可是老牛连得儿子的气派都没有！他早就想弄小。有她活着，趁早不用这么想。她不生儿子，谁也不用打算偏劳。抱一个小孩解解闷，倒是个办法。可是难处是在这里：他愿抱牛家的，她愿抱娘家的。她的理由软点，所以消极地不准他自由选择，暂且不抱好了。天赐的露面，解决了这个困难。他好像专为牛家生的。牛老太太把他一抱起来，便决定好了：在这小子身上试试手，成个官样的儿子。私生子，稍差一点；可是自己已经五十多了，恐怕不易再生小孩了；况且牛老者那个怯劲。算了吧，老绝户还有抱个哈巴狗当孩子养的呢，况且这是个真正有鼻有眼的小孩。天赐的机会太好。

牛老者上哪里去找奶妈呢？他完全没个准备。可是他不慌。几十年了，他老是这么不慌不忙的；没有过不去的事。这种办法，每每使牛老太太想打他几个脖儿拐。她有官气——世界上的一切是为她预备好的，一招手就得来，什么都有个适当的地方，一丝不乱地等候着命令。老头儿没这么想过；世界便是个土堆，要什么得慢慢地去拨开土儿找，还不一定找得到。难怪老太太有时候管他叫作皮蛋，除了怕做赔了买卖，他无论怎说也不着急。

有时候太太告诉他去买胰皂，他把手纸买了来。忘了这样，拿那样补上，还不行么？据他看。他非常地乐观。这回，他可是记得死死的，找奶妈。手纸、胰皂，连洗脸盆算上，都不能代替奶妈。走出二里多地，还没忘了这个；可是也没想起上哪里去找。谁知道有些地方是介绍奶妈的，只是想不起那些地方在哪儿。点上哈德门烟，喷了一口，顺势看了看天上的星。星星对他是没有意义的，可是使他想起太太的眼睛来；太太的眼睛是无所不知，无所不在的。他得赶快去找奶妈，完全不为自己，为是太太与那个小行李卷；要是为自己的话，找着与否满没关系。

找着个熟识的油盐店，进去打个招呼。有好多的事是可以在不可能中找出可能的，只要你糊涂与乐观得到家。牛老者常因为忘了买煤，而省下许多钱；想起来不是，煤忽然落了价钱。进了油盐店，仿佛奶妈已经找到了似的。

“周掌柜，”牛老者的圆脸上笑着，“给找个奶妈。”

“怎么，得了少爷？”周掌柜觉得天下最可喜的事就是得少爷。

“抱来的，承继过来的，”牛老者很得意，没有说走了嘴，“给找个奶妈去。今个，明儿，后天，后天请你喝喝。”

周掌柜想了想，看看铺中，觉得铺中绝对没有奶妈，非到外边去找不可。“你这里坐坐，我有办法。”他出去了，一晃似的被黑影给吞了去。

牛老者吸着哈德门，烟灰长长的，欲落不落，他心里正似这穗烟灰，说不清落下去还是不落下去好，脸上自动地笑着。

待了一会儿，周掌柜回来了，带着两个妇人。

牛老者心中打起鼓来，是找一个奶妈呢，还是找一对儿呢？出来得慌速，忘了问太太。

及至周掌柜一说，他明白过来，原来这两个妇人不都是奶妈，那个长得像驴的是介绍人。他觉得这似乎没有别的问题了：“走吧。周掌柜，后天请你喝喝。”

“上哪儿去？”驴叫了声。

差点把老者问住，幸而他没忘了家：“家去，小孩没在这里。”

“咱们不先讲讲吗？”驴向周掌柜说。

“都是熟人。”周掌柜很会讲话。

“见了太太，什么都好办，”牛老者渴望卸了责任，睡个觉去，“跟太太说去。”

“在哪儿呀？这么黑灯瞎火的！”这个驴不是好驴。

“雇车吧。”周掌柜建议。

"是，雇车。"牛老者慢慢点了点人数，"大概得三辆吧。"

到了家中，他把二妇人交给了太太。

太太见着驴，精神为之一振，她就是爱和这种妇人办交涉，为是磨磨自己的智力。驴，跟太太过了三五个回合，知道遇上个能非常地慈善，同时眼里又不藏沙子的主。没等她说，太太全交派下来："有你三块钱的喜酒钱。她奶得好，先试三天。行呢，有她四季衣裳、一头银首饰。五块钱的工钱，零钱跟老刘妈平分。不准请假，不准有人来找。现在就上工。你把她的东西送来，雇来回的车！"

驴一看这面没有多少油水，想去敲那个奶妈，扯了她袖子一下。

老太太已把天赐递给奶妈，对驴说："你从她的工钱里扣多少？"

"回太太的话，她吃了我好几天了；都不容易，太太。"

"好吧，赏你十块钱，从此不许你来找她，我要用着你的时候，打发人叫你去。"太太的官派简直是无懈可击。

驴败下阵来，可是知道自己并没吃亏，太太的办法正碰在痒痒筋上。

驴回去收拾奶妈的东西，太太才开始审核奶妈。奶妈的用处是在那点奶，奶好便是一切，脸长得什么样，脚有多么长，都不成问题。

奶妈已经解开怀，两个大口袋乳。太太点了点头。脸上也没有什么下不去的地方：本来是张长脸，不知怎么发展到腮部又横着去了，鼻下忽然接着嘴，嘴下急忙成了下巴，于是上长下宽，嘴角和眉梢一边儿长，像被人按了一下子的高桩馒头。可是这与奶没关系，故而下得去。脚不小，脚尖向上翻着，老像要飞起来看看空中有什么。这与奶也没关系，也下得去。

“姓什么呀？”太太问。

“唵？姓纪啊。”大扁嘴要顺着腮滑下去，乐呢。

太太更高兴了，纪妈是初次做事。训练人是一种施展能力而且不无趣味的工作。太太开始计划着怎样训练奶妈。

“家里都有什么人呀？”

“唵？”

“不必说这个唵！”

“有老的，有当家的，有小叔，有一个两月的娃子，没饭吃！”纪妈的鼻子抽了抽。

“给他吃吃看。”牛太太很替奶妈难过，可是天赐总得有奶吃，人是不能慈善得过火的。

天赐的小嘴开始运动，太太乐了。天赐有了奶吃，纪妈的娃子没了奶吃，合着是正合适。况且乡下的娃子是容易对付的。“哪村的？”

“唵？”

“说太太，不要这个唵！”

“十六里铺的。”

“哪个十六里铺？”

“黄家镇这边。”

“乡——”太太把个“亲”字吞了下去。不能和奶妈认乡亲。可是心里非常地喜欢。就是得清一色，打算齐家治国平天下都是一理。“我说，”太太一边叫，一边找了牛老者去，“我说，你打哪里找来的奶妈呀？”太太不放心：假若老伴儿特意找来她的乡亲，即使是出于有意讨好，也足见他心里有个数儿。

“怎么啦？”老头儿不晓得出了什么毛病，“周掌柜给找的。”

“啊，没什么。”太太想着别的话，“我给他起了个名字，天赐；小名福官，天官赐福。”

“天官赐福？很好！”

天赐大概是有点福气，什么都是歪打正着嘛。

三　子孙万代

牛老太太的黄净子脸上露出点红，不少的灰发对小髻宣告了独立，四下里奓拉着。一对陷进点去的眼发出没尽被控制住的得意的光，两只小脚故意地稳慢而不由得很忙叨。她得住了个施展才能的机会；英雄而得不到相当的机会，像千里马老拴在槽前。她预备天赐的三天呢，这与其说是为天赐，还不如说是为她自己；办三天不办，天赐一点也不在意，反正他有了纪妈那两口袋奶，还有什么可虑的呢。牛老太太得露一手。多少年了，老没个事儿办，这个机会不能轻易放过。

带领着老刘妈、四虎子和牛老者，她摆开了阵势。牛老者不反对，可是没想到事情会这么复杂。他以为办三天不过是请上几家亲友，叫厨子做上几桌鱼肉多而吃完非睡觉不可的菜而已。太太告诉他的事，他简直莫名其妙。事多了去了，拿叫厨子这一项说，就够写一本书的。几件小烧，几个饭菜，几件冷荤，几道点心，几个大件，哎哟，太太好像是要开饭馆子。菜定好，登时就是怎样赁桌椅，而桌椅上还要铺垫呢，而铺垫也有种种呢。牛老者做了一辈子生意了，没有一项生意像办三天这么复杂的。他的脑子仿佛要肿起来，直嗡嗡地响；只能照计而行，太太说什么是什么吧。太太有嘴，他有腿，跑吧。跑得太累了，他会找个地方睡会儿去，省得回到家中又被派出来。太太手下的几员大将，数他不中用。

老刘妈，别看快七十了，是非常努力。一夜的工夫把桌子的铜件全擦得像电镀的，椅垫子全换了新套。她的脚太吃力，可是有摔几个跟头也不灰心的坚决。她的眼虽都睁着，可是左边那只和瞎了一样，只管流泪，不负其他一切的责任。但这不成问题，左眼不中用，右眼便加倍地努力：歪着头，用右眼盯着东西，擦，洗，缝，补，嘴还唧唧地出声，颇像小鸡歪头出神的样子，可是没闲着。她不能闲着。她得捧姑奶奶一场。

刘妈打内，四虎子打外，这小子的腿好似是机器。从一方面说，牛太太对他很失望。他从十二岁便在牛宅，太太本想把他训练成个理想的仆人。四虎子干脆不受训练。二十岁了，还是用嘴呼吸气，鼻子只管流清汤。说话永远和打架一样，没有一句和气的。眉头子拧着，冬夏常青的脑门上出着汗。在另一方面讲，牛太太不能免他的职。他是她的亲戚，况且他忠实。办事不漂亮，可是不惜力呢；为买一斤白糖，他能来回跑六趟。这虽然费点工夫，可是跑的是他的腿，太太也就不便太挑剔了。他永远不等听明白了就往外跑，而后再跑回来问，要不然怎么老出汗呢？

纪妈以奶娃娃为正业，所以太太没派她什么别的差事。可是奶娃娃也得有个样儿，得加紧训练。怎样抱娃娃，怎样称呼人，怎样立着，太太一丝不苟地全教导下来。两天的工夫，纪妈的脚尖居然翻得减少了度数，而每一张嘴会想把“唵”改成“太太”。穿上了新蓝布裤褂，头也梳整齐，除了嘴角还一时紧缩不来，看着实在有个样子了。

至于咱们的英雄，也真算露脸，吃得香，睡得好，尿得勤，哭得声高，仿佛抓住了生命而要及时地享受。他一哭，六只小脚全往这儿跑，纪妈先到，太太居中，刘妈殿后。一人有一种慰问，可是他全置之不理，任情地哭下去，直到口袋乳送到唇边为止。他晓得他是英雄，是皇帝。

三天到了。老鸦还做着梦呢，牛家的人就全起来了。世界上的人虽多，但是自家添人进口到底是了不得的事。细想起来，只要你注意自家的事，也就没那么大工夫再管世界了。牛老太太的自私是很有理的。一个娃娃的哭声使全家颤动，必须充分地热闹一回，孩子哭继以狗咬，生活才落了实。牛老太太高兴，她的儿子必须是全家大小与亲戚朋友的欣喜的中心。她自己打扮停妥，开始检阅部下：牛老者的马褂没扣好，首先挨了训斥。四虎子的耳朵上竟然还有泥，男人简直没办法！老刘妈都好，就是直打哈欠；太太本想叫大家早起，为是显着精神，敢情有的人越早起越不精神；理想与事实常这么拧股着。纪妈很不坏，就是不大喜欢，大概是想起自己的娃娃；这是她自己找别扭。天赐还睡呢，可是全份武装在半夜里已经披挂好：全是新的，头上还戴了小红帽，帽檐上钉着金寿星，看着十分的不自然，可是很阔气。

检阅完毕，天还没亮呢。借着烛光，太太指挥着陈列礼物。牛老者的朋友大多数是商人，送来的多半是镜框和对联。镜框中的彩画十张有九张是“苏堤春晓”，柳树真绿，水真蓝，要是不从艺术上看，颜色的浓厚倒颇有可取；苏堤上立着个打洋伞的大姑娘，比柳树高着一头，据牛老者看这很有画意。框子可是不同，有的是斑竹的，有的是黑木头的，有的是漆金的。太太把漆金的定为头等，叫四虎子给挂在堂屋的正面，其余的分悬左右。对联都像是一个人写的，文字也差不多，最多的是“买卖兴隆通四海，财源茂盛达三江”。这都挂在东西屋；太太不大喜欢对联，因为与小娃娃没关系。到底是亲戚送来的切于实用，小衣裳、小帽子、小鞋，还有几匣衣料。按着规矩说，应当送小米鸡蛋糕与黑糖，可是大家都知道既非牛太太坐月子，似乎不必这样送。牛太太也很满意。自己既享用不着，都便宜了纪妈，那才合不着呢。这些礼物都摆在堂屋的条案上。陈列妥当，厨子到了，开始剁肉，声势浩大，四邻的识见不广的狗全叫起来。牛老太太叹了口气，这才像回事。打算叫自家威风凛凛，得设法使狗们叫，这才合规矩。

老刘妈的手指全是红的，染了多少红蛋，几乎没人能知道。

鸡蛋设若会觉到骄傲的话，这是最好的时机了。就是那小而不起眼的蛋，涂得红红的便也登时显着特别的体面。况且那些平常和“蛋”发生关系的字眼，在此刻全似乎没有联属，而另有一些以“红”为中心的吉利话儿和它打成一气。老刘妈把染好的蛋都放在铜盘子上，像几盘子什么神秘的宝珠，鲜艳、浓厚、圆满，带着子孙万代的祥气。红蛋预备好，她和太太细心地研究了一番，把洗三该有的东西，如艾子水，如老葱，如带孔的老钱，如烧矾末，全都放在天赐的左右，看起来非常的严重，仿佛生命的开始比一师人马的开拔还要复杂，在一条小生命上的希望是无穷无尽的。

八点以后，亲友陆续地来到。牛老太太接待亲友的神气很值得注意。她的态度便是慈善的本身，笑着，老眼里老像含着点泪光，带出非常感激大家的意思。及至细一看，她是对自己笑呢。她觉到自己的能力，她是叫大家看看她的本事与优越。对那些穷苦一点的亲友，她特别地谦和，假如他们是借了债而来行人情的，那正足以证明她的重要与他们的虔诚。是的，她并没有约请这些苦亲友，而他们自动地赶上前来。无论怎样为难，他们今天也穿得怪干净，多少也带来些礼物，她没法不欣赏他们的努力——非这样不足算要强的人。王二妈的袍子，闻也闻得出，是刚由当铺里取出来的；当然别的物件及时地入了当铺。李三嫂的耳环是银白铜的。张六姑的大袄是借来的，长着一寸多。牛老太太的眼睛把这些看得非常的清楚；很想奖励她们一番，可是她的话有分寸："哎，没敢惊动亲友；这怎说的，又劳你的驾；来看看小孩吧。"

她心里明白——"本来没想请你们。"她们也明白，可也另有一派答对："应该的呀，给你来贺喜；要不是那个呀，昨天就来帮助你张罗了；都仗着你一个人，可真不容易！"

说着，来到天赐的展览室，大家一齐失声地"哟！怎么这么胖呀，多体面呀，可是个福相！"

屋里已坐定七八位老太婆与媳妇，把天赐团团围住，差不多都吸着烟卷，都夸奖着天赐的福相，都高声彼此地招呼，都嘴里谈着娃娃，而眼中彼此端详着衣裳打扮。屋里的温度忽然增高十摄氏度。后来的继续进来参观，先来的决不想让位；特别是有些身份的人，干脆坐在娃娃的身旁，满有自居子孙娘娘的气概。天赐莫名其妙，只觉得憋闷得慌，再也不能安睡，小眼睛直眨巴，这使大家更加倍地佩服：看这俩大眼睛，懂事似的！

男宾，除了至亲，没有详细参观娃娃的权利，都在东西屋里专等着喝喜酒。牛老者的招待方法与太太的完全不同，绝对没有一定的主意。他想不起说什么好，又觉得一言不发也未必对。他转着圆脸向四面笑，笑得工夫太大了，便改为点点头，点头太多了，便随便地说一句："可不是""抽烟吧。"头上出了汗，这是个启示："什么时候了，天还这么热！"大家说："你是喜欢的，天并不热。"他哈哈起来。他的身后跟着四虎子，他一说"抽烟吧"，四虎子便把烟递过去——始终没管倒茶，因为主人没说。东西屋里的文化比起堂屋的来要低着很多，牛老太太知道这群土豆子专为来吃饭。她下了命令，先给东西屋开饭。

饭的确不坏，各位掌柜的暂时抛开关于做买卖的讨论，诚心地吃了个酒足饭饱，个个头上都出着热汗，然后牙上插着牙签，腾出手来用热手巾板狠命地擦脑门子。脑门擦亮，扑过烟筒去，吸着烟三三两两地偷着往外溜。

女宾席上可不这样简单，每一桌都至少吃个五六刻钟。这很官样。据牛老太太看。可是，有一点叫她未免伤心：各桌上低声的谈话，她扫听着，似乎大不利于天赐。屋中的光景仿佛忽然暗淡了好多，空气中飘着一片问号。牛老太太张罗着这桌，眼瞭着那桌：张六姑的薄嘴唇动得像是说“私孩子”。李三嫂神出鬼入地点了点头。无论你把谎造得多么圆到，你拦不住人们心里会绕弯。特别是那几位本族的，在牛太太的视线外，鼻子老出着凉气，这些凉气会使她觉得凉飕飕的，好像开着电扇。牛太太的心中不很自在。她知道牛老者是老实头，假如她们把他包围上，事情可就不见得好办。她得设法贿赂她们。天下最有效的办法就是收买；自己吃肉，得让旁人至少啃点骨头，英雄的成功都仗着随手往外扔骨头。自私的人得看准了肉而决定舍了骨头；骨头扔出去，自有自告奋勇愿意当狗的。老太太心中盘算开了：给她什么，给她什么，给她什么，然后对她说什么，对她又说什么，叫她们分离开，而后再一一地收拾。先分红蛋，这是个引子，引子是表示吉祥，吉祥的底下再有些沉重的东西，大家的鼻子自然会添加热度而冒出暖气来。

办法果然有效，大家看完洗三还不肯走，等着吃晚饭。牛老太太准知道她们一出大门，鼻子还会凉起来，可是在分别的时候彼此很和气。把客人送了走，她叹了口气，只成功了一半！她问老伴儿看出什么典故来没有，老者抓了抓头，他只看出大家吃得很饱，对于政治，他简直是一窍不通。不过这也好，牛太太正好把事情暗中都办了，叫他去顶着恶名。老太太所没看到的是这个：谁也晓得牛老头是老好子，而她是诸葛亮，聪明人就是有这点毛病，老以自己的渺小当作伟大，殊不知历史上并没有这样的事。要是有的话，人心早变成豆儿那么小了。

不论怎说吧，天赐的存在，是好是歹，已经是公认的了。只要红蛋被人分去，你想向生命辞职也不容易了！

四　钩儿套圈

满月也过了。虽然这应比三天更隆重，可是办得并不十分起劲，牛老太太确是把该堵塞的地方都设法堵住了，可是闲话这条河——像个烂桃——是套着坏的。天赐并没招惹着谁，名誉可是一天比一天坏。只有人是可以生下来便背着个恶名的，咱们还没见过自幼便不甚光荣的猪，天赐这口奶真不容易吃。

牛老太太可是很坚决，任凭大家怎样嘈嘈，天赐到底比从亲戚家抱来的娃娃强；愣便宜了外人，就是不跟亲戚合作，大家也只好白瞪眼。可是白瞪眼也不是全无影响——满月办得不甚起劲。眼虽白瞪，究竟是瞪了，无论怎说也有点别扭。英雄不是容易做的呀。

不用管这个了，反正满月已过，是好是歹得活下去了。专把洗三满月做得非常美满，而后便一命归西，也没多大意思。生命的最大意义仿佛就是得活那么几十年，要不然便连多糟蹋粮食的资格也得不到。天赐决定活下去，这是很值得赞美的。自然活下去也有活下去的苦处，但是他不怕；凡不怕生命的便得着了生命，因为粮食是他糟蹋的。

天赐的苦处还真不小呢。按照纪妈的办法，小孩是应当放在个沙子口袋里，过五六天把结成块的沙子筛巴一回，再连同小孩放进口袋去。十六里铺一带等处的弱小国民差不多都是这么养起来的。有的不甘心在口袋里活着，就在口袋里死去，倒也很省事。天赐可没受这个罪，他是官样孩子，不能装口袋而与机器面粉相提并论。他另有种苦处。虽然没装口袋，他的手脚可都被捆了个结实，一动也不能动，像一根打着裹布的大兵的腿——牛老太太的善意，唯恐他成了罗圈腿；后来，天赐的磕膝拧着，而脚尖彼此拌蒜，永远不能在三分钟内跑完百米；这个，牛老太太没想到。没有思想的善意是专会出拐子腿的。

手脚既然不能动，只好仗着啼哭运动运动内部了。这也行不通：每逢他一出声，乳头便马上堵住他的小嘴，他只好由哭喊改为哼哼，像个闷气的小猪。第一是孩子不应当哭，第二是纪妈的奶不应当存起来；牛老太太把账永远算得很清楚。设若由孩子的性儿哭，这便是费了孩子的力气，而省下纪妈的乳，按什么经济理论说也不大对。老太太似乎也明白，娃娃是应在相当的时候哭一会儿；但是一想到纪妈那对乳和月间的工钱，不由得她就叫出来：“纪妈，孩子又该吃了！”钱不但会说话，而且会逼着人说话，这不能专怨牛老太太。手脚没有自由，被子盖了个严，不准出声，天赐有点起急，可是说不出道不出，只好一赌气要抽疯。这是娃娃最好的示威运动。可是也怕遇上谁，牛老太太总不听这一套，早就预备好抱龙丸、一捻金、救急散、七珍丹、丸散膏丹，一应俱全。一病就灌！对什么她都有办法，天赐唯一的抵抗是不抵抗，自己翻白眼比有声有色的示威强得多。养孩子的乐趣是在发挥大人的才干；孩子得明白这个，不然便是找不自在。

天赐认了命。一天到晚，吃了睡，睡了吃；睡不着的时候翻翻白眼。吃吃自己的拳头，踢踢腿，他满不敢希望。这么一来，他反倒胖了，这是多么体面呢！不止于体面呀，老太太还叫他“胖乖子”呢！刀把儿在别人手里拿着，你顶好是吃得胖胖的；人家要杀你呢，肉肉头头的，也对得起人；人家要不杀你呢，你也怪体面。天赐教给了我们这个办法，他似乎是生而知之的。

纪妈总算很尽心。但是为了几块子工钱，把自己的娃娃放在沙子口袋里，而来奶别人家的孩了，到底不是——也不应该是——件得意的事。她心中的委屈无处去诉，只好有时候四顾无人，拿天赐出出气。比如给屁股蛋子两掌，或是尿湿而不立刻给换布……虽然都不是照例的课程，不过三天两头有这么一次也够天赐受的。自然，我们无须为这个而悲观；可是生命便是个磨炼，恐怕也无可否认。

老刘妈本是可以和天赐没什么关系的，而且天赐也没故意和她套交情，可是她杀上前来。从牛老太太的眼中看，老刘妈是不可多得的人物；从别人眼中看，老刘妈纵有许多的长处，可是仍不失为走狗。按照走狗分类法说，至少有两大类的：一类是为利益而加入狗的阶级，一类是为求精神的安慰而自己安上尾巴。老刘妈属于第二类。在她年青的时候，家中倒确是寒苦，非出来挣饭吃不可。到了老年，家境已慢慢转过来，她有孙儿孙女，也有口饱饭吃。但是她不回去。偶尔回家一次，她一年所挣的工钱全花在晚辈身上，给孙子带来城里的玩具，给孙女买来小布人，给儿媳妇带来针头线脑、细齿的木梳，和做鞋面的零材料等等。大家都很尊敬她。大家还没尊敬完她，她向后转回了城。没有牛太太，她心中就没了主心骨。她得牺牲了一切舒服自在，以便得到精神上的安慰。牛老太太厉害，这使刘妈惧怕，怕得心里怪痒痒的，而后觉出点舒适痛快。有时候帮助太太去欺侮老爷、四虎子，或是门外做小买卖的，更使她的精神有所寄托——她虽然不是英雄，到底是英雄的助手，很过瘾。她越上年纪，这股子劲越增高，好像唯恐一旦死了而没能完成走狗的使命。她不是为金钱，而是为灵魂，她的灵魂会汪汪地叫，除了牛太太没人能把她喝止住。

太太有了少爷，老刘妈更高兴了；就是两眼全瞎了也不能辞职。设若太太是子孙娘娘，她必得是永远一旁侍立的仙女，给娘娘抱着娃娃。不过，纪妈来了；一个大打击。走狗最怕候补的走狗，而且看谁都是正往外长尾巴。和纪妈一块吃饭的时候，她嫌纪妈的嘴太大。嘴太大根本没有在城里做事的资格。况且纪妈老委委屈屈的呢，这更使她非常地生气。她不能明白为什么在牛太太手下而还觉着委屈，这简直是不要脸。老刘妈可以算是忠诚的人了，她只希望一个人的成功，不许大家诉委屈，因为那一个人的成功便是她的成功，虽然她未必得到物质上的好处，可是充分地过了狗瘾。她不能看着抱娃娃——太太的娃娃——而觉着委屈的纪妈而不生气。

但是她没法把纪妈赶了走，因为娃娃必须吃奶。前后这么一想，她除了看不起纪妈之外，还附带着不大喜欢天赐。天赐设若真是英雄好汉，据她想，就根本不能吃纪妈的奶。这个，她可不敢明言。当牛太太夸奖天赐的时候，她便多少给纪妈加上几句不大受用的话，而极力地奉承天赐。赶到太太对天赐有所不满的时候，她便也顺口答音地攻击这个娃娃。她是走狗中的能手。

纪妈受了老刘妈的气，也许是更爱天赐一点，也许在天赐身上泄怒，而天赐的屁股又加多了被拧的机会。生养在一个英雄——不管是多么大小的英雄——的手下，得预备好一座硬屁股，这是必需的。

天赐已会笑了。纪妈不大注意他的笑，她专留神他的哭；他不哭，她便少受申斥。天赐许多的笑是白费了事，没人欣赏。老刘妈瞎着一只眼，看不清娃娃的微有笑意的笑，即使看清，她也不热心地去给宣传。她的耳朵更有用，一听到孩子哭，她便自言自语地叨唠起来：这样的奶妈，老叫孩子哭，没有见过！这虽是自言自语，可是并不专为自己听；太太要是听见呢，自然便起了作用；纪妈听见呢，也好。反正有人听见便好，而她的自言自语是会设法使人听见的。

牛老太太自然喜欢娃娃的笑，可是不知道为什么，有她在一旁，天赐永远不笑。纪妈已经向太太报告过，娃娃已会撇嘴儿微笑。太太不信，而老刘妈以为奶妈是要加入狗的阶级，虚造事实，以便得宠。旧狗遇见新狗比遇见猫还气大，"太太，可得说奶妈子一顿，别这么乱造谣言！我就没看见娃娃笑过一回，哼！"

可是天赐确是会笑，牛老头儿知道。要说天赐已经会认识人，便是瞎话，可是他专爱对老者笑，也许他的圆秃脑袋能特别引起娃娃的注意——假如不能引起成人的趣味。事实给我们作证，多数的小孩喜欢"不"英雄的人。要不然怎么英雄有时候连娃娃一齐杀呢。老者天天要过来看天赐两三次，若遇上天赐正睡觉，他便细细看他的闭成缝儿的眼，微张着的小嘴，与一动一动的脑门，而后自己无声地笑一阵。若赶上娃娃醒着，他把圆脸低下去低声地不定说些什么，反正一句有意思的也没有："小人！小伙计！吃饱了？睡乎乎了？还不会叫爸呀？真有你的！看这小眼，哟，哟，笑了！"天赐果然是笑了，那种无声而微一咧嘴的笑。

牛老者把这个报告给太太。太太心里微酸。纪妈已报告过，她不信；现在老伴儿又来这么说，分明他和奶妈联了盟，他是给纪妈帮忙助威！老太太自己没有看见娃娃笑，谁说也不能算数。

“啊，我怎么没看见呢？”太太那对小深眼像俩小井，很有把老伴儿淹死的意思。

“也许是要哭，没准儿。”老者对于未经太太审定的事，向来是抱着怀疑的态度。

“少上纪妈屋里去，老了老了的，还这么杓杓颠颠的！”太太的酸意和真正山西醋一样，越老越有劲。自然，太太不是没有眼睛，不晓得纪妈的吸引力是很弱。不过，她得这么防备一下；英雄的疑虑是不厌精细的。看着该杀的，哪怕是个无害的绿虫儿呢，趁早下手。况且纪妈到底是个女人呀！

老头儿听出点意思来，一时想不出回答什么，笑了笑，擦了擦圆脸，啊了两声，看了看天花板，带着圆肚子摇了出去。他一点没觉得难过，可也没觉得好过，就那么不凉不热地马虎过去。

由天赐的笑，牛宅又闹了这么些钩儿套圈。牛老者来看他的次数减少了一半，他只好自己偷偷地笑了。

五　解放时期

糊糊涂涂，天赐不折不扣地活了六个月。到这儿，才与“岁”发生了关系。牛老太太训令纪妈一干人等：“有人问，说：半岁了。”“岁”比“月”与“天”自然威严多多了。天赐自己虽没觉出“半岁”的尊严在哪里，可是生活上确有变动。这些变动很值得注意，怎么说呢，假如人生六月而毫无变动，或且有那么一天，自朝及暮始终没出气，以表示决不变动，这个小人也许将来成圣成贤，可也许就这么回了老家。所以我们得说说这些变动，证明天赐在半岁的时候并未曾死过：传记是个人“生活”的记录，死后的一切统由阴间负责登记。

从一方面说，这是解放时期。牛老太太虽然多知多懂，可是实际上一辈子没养过小孩，所以对解放娃娃的手脚，究竟是在半岁的时候，还是得捆到整八个月呢，不敢决定。她赏了纪妈个脸“该不用捆了吧？在乡下，你们捆多少天哪？”纪妈又想起沙子口袋来：“我们下地干活去，把孩子放在口袋里，不用捆，把脖子松松拢住就行。”老太太对纪妈很失望：凡是上司征求民意的时候，人民得懂得是上司的脸，得琢磨透上司爱听什么，哪怕是无中生有造点谣言呢，也比说沙子口袋强。纪妈不明白此理，于是被太太瞪了两眼。

到底是老刘妈。太太一问，她立刻转了眼珠——那只瞎的虽看不见东西，可也能转动助威——心里说：往常太太一问，街上有卖粽子的了吧，一定是要开始预备过五月节[1]，或是太太想吃一顿嫩西葫芦馅的饺子。这么一想，便有了主意：“少爷不是快八个月了吗？”给太太一个施展学问的机会。

“谁说的，不是刚半岁吗？”太太的记性到底是比下人的强，“老这么老颠蒜似的！”

“个子那么大，说九个月也有人信！”老刘妈的狗文章不专仗着修辞，而是凭着思想的力量，沉重而发甜，像广东月饼，“其实半岁就可以不用捆了，该穿小衣裳了。”真的，她自己的孩子也是在口袋里养起来的，根本不晓得娃娃该捆几个月；太太既是问下来，想是有意给天赐松绑。设若太太问娃娃该在几个月推出斩首，老刘妈必能知道是应登时绑到法场。

无论怎说吧，天赐身上的捆仙绳被解除下去，而换上了连

1　五月节，指的就是端午节。

脚裤。纪妈看出来：六个月的工夫，捆仙绳确是有功效，天赐的腿绝对不能罗圈了，因为脚尖已经向里拐拐着。这回她留了个心眼，没向太太去报告。幸而如此；不然，天赐也许再被捆起来。

好在天赐是男子汉大丈夫，曲线美的曲法如何，他满不在意。反正松绑是件快事，他开始享受。拳头也能放在口中咂着，脚也会踢，他很高兴。

一个哭不好，笑也不好的人，如牛天赐——小名福官——者，顶好别太高兴了。天赐不懂事：两脚踢起，心中一使劲，两唇暴裂，他叫出一声“巴”来。由他自己看，这本是很科学的，可是架不住别人由玄学的观点看。牛老太太以为一个懂得好歹的，官样的娃娃应当先叫“妈”。天赐叫了“巴”。“巴”者，“爸”也；就凭牛老者那个样，配吗？

牛老者自然很得意了。五十多岁才有人叫爸，当时死去也不算冤屈了，况且是没死而当活爸爸呢！他越高兴便越不知道怎样才好，全身的肉都微笑着，而眼睛溜着太太。太太怎看怎以为他不像个官样的爸爸，而这官样的娃娃偏叫他，真使人堵得慌。

老刘妈的尾巴又摇起来了，她歪着头看准了天赐的嘴：“叫妈！叫妈！”天赐翻了翻白眼，一声没出，偷偷地把连脚裤尿了个精湿。白活半岁，刘妈心里说。

其实我们的天赐并没白活；再往真切里说点，一切生命向来没有白活的时候。先不用说别的，天赐已长出点模样来；谁能说这六个月的奶白吃了呢？天赐一定是没闲着，别看他不言不语的，对于他要长成什么样必是思想过一番。不然，他为什么长成自己的面貌，而不随便按照纪妈或四虎子的样子长呢？生活是一种创造：红脸大汉拦不住儿子长成白面的书生。

天赐的腿是没办法了，这自然不是他的过错。他的脑勺扁平也不是他自己所能矫正的：牛太太是主张不要多抱娃娃的，六个月工夫，除了吃奶，他老是二目观天，于是脑勺向里长了去，平得像块板儿。现在虽穿上连脚裤，可是被抱着的时候仍然不多。纪妈自然不反对这个办法，牛老太太以为非这样不足养成官样儿子，疼爱是疼爱，管教是管教，规矩是要自幼养好的，娃娃应当躺着，正如老刘妈应当立着。天赐的创造是在脸部。我们现在一点还不敢断定他是个天才，或是个蠢才；不过，拿他自己计划的这张小脸说，这小子有点自命不凡。豪杰有多少等，以外表简单而心里复杂的为最厉害。天赐似乎想到了这个。眉毛简直可以说是被他忘记了，将来长出与否，他自己当然有个打算。眼睛是单眼皮，黑眼珠不大，常在单眼皮底下藏着，翻白眼颇省事。鼻子短而往上掀着点，好像时时在闻着面前的气味。薄嘴唇，哭的时候开合很灵便，笑的时候有股轻慢的劲儿。全脸如小架冬瓜，上窄下宽，腮上坠着两块肉。在不哭不笑的时节，单眼皮耷拉着，鼻尖微卷，小薄嘴在两个胖腮中埋伏着，没人知道他是要干什么。脸色略近象牙的黄白，眉毛从略，脑顶上稀稀地爬着几根细黄毛。部分地看来，无一可取；全体地端详，确有奇气——将来成为豪杰与否还不敢说，现在一定不是个体面的娃娃。但是自己能创造出不体面的脸来，心中总多少有个数儿，至少他是有意气牛老太太。

虽然这么说，到底他有点艺术的手段，两腮的肉救了他的命。牛老太太当要对他生气的时候，往往因为那两块肉而把气压下去。官样孩子的基本条件是多肉；有眉毛与否总是次要的。况且“孩大十八变”，焉知天赐一高兴不长出两条卧蚕眉呢？老太太为减少生气，永远先看他的腮。客人呢，自然也找最容易看到的地方来夸奖：看这一脸的肉，有点福气！至于那些不得人心的地方，主人与客人都看得清楚，可是都持着缄默的态度。艺术，由此看来，就是个调动有方；假若天赐把肉都匀到屁股上去，那只好专等挨揍吧。

到了八个月，牛老太太由极精细地观察，发现出来：设若再不把娃娃抱起来，也许那个扁平的脑勺会更进一步把应长在后面的东西全移到前面来，而后面完全空空如也。把脑后的头发要都移植到脑门上来，前面自然威风凛凛喽，而后半一扫光怎样办呢？老太太考虑了许久，才下了第二道解放令：娃娃除在吃奶时间也理该抱一会儿。

随便解放，无论对于什么，是很危险的。最牢靠的办法是一把儿死拿；即使憋急的水会横流，反正不能只淹死一个人。抱娃娃令刚一下来，连四虎子也搭讪着走上前来。更气人的是天赐见着四虎子就往前扑，而且一串一串地喊“巴”！四虎子这小子，别看他愣葱似的，有时候一高兴也能做出巧妙活儿来。不知从哪里学来的，他很会抱娃娃。牛老太太虽然能把四虎子喝出去，可是没法子使天赐明白过来：一个官样的孩子怎能和个老粗相友爱呢？老太太越想把娃娃的身份提高（而且是完全出于善意），娃娃偏成心打坐坡，不知好歹。她自然犯不上为这个而想自杀，可是心中真不痛快。她在夏天嘱告四虎子多少回了，穿好了小褂！而四虎子在挑水去或打扫院子的时候，偏赤着背。没办法！现在，天赐又是个下溜子货。况且老太太不是不以身作则呀，顶热的天她也没赤过背，照旧是穿着官纱半大衫，在冰箱旁边的瓷墩上规规矩矩地坐着。再说，她也没叫四虎子抱过一回，你说天赐是和谁学的，偏偏爱找四虎子！

老太太可是没完全灰心，该办的还得办，只求无愧于心吧。天赐该种痘了。老太太亲自出马去调查。施种牛痘的地方很多，天赐自然不能上这样的地方去，身份要紧。花钱种痘的地方也不少，可是大概分为两派：一派是洋式的，只种一颗，而且不必一定种在胳臂上，腿上也行。一派是老式的，准在左右两臂上各种三颗，不折不扣，而且种的时候，大夫的手不住地哆嗦。她决定抱天赐到打哆嗦的地方去，理由是哆嗦得厉害了，也许应种六颗而种成七颗或八颗；牛痘不是越多种越好么？

择定了吉日，人举地去种痘。纪妈戴上应戴的一切首饰，穿上新衣。老刘妈也愿跟去，一半是走狗，一半是天气已暖，借机会去散逛一番。她也打扮起来。牛太太于装扮得尽情尽理而外，还找出檀香骨子的老折扇；还不到拿扇的时节，专为表示大雅。天赐穿了新红洋绉的毛衫，头上的几根黄毛很勉强地扎成一个小辫，专仗着红绒绳支持着。脚上穿了黄色老虎鞋，安着红眼睛，挂白挂须。除了他自己，其余的都很体面。

活该天赐丢人！设若只种一颗，虽然也得哭——种痘而不哭的小儿恐怕是没有哭的本能——但绝对不会把哭的一切声调与姿态全表演出来。种六颗，不哭怎么办呢？好一阵哭，嘴唇好像是橡皮的，活软而灵动。眼中真落了泪，有往鼻子上流的，有在眼角悬着的，还有两三滴上了脑门。老虎鞋也踢掉了一只，小辫也和绒绳脱离了关系。连扁平无发的脑勺都红红地挂着汗珠，像一堆小石榴子儿。由全体上看，整是大败而归的神情。牛老太太要不是心疼扇骨子，真想敲他一顿好的。好在医生很坚决，不种齐六颗不拉倒，因为牛太太有话在先：种六颗才送一块钱，短一颗扣大洋一角五分。天赐觉到非抽疯示威不可了，正要翻白眼，六颗种齐了；算是没成了最动心的悲剧。

回来的时候是抄小路走的，天赐还抽搭呢！

痘发得不错，只瞎了两颗。天赐大概有点心里的劲儿，他并没大发烧，而且几天的工夫没怎么哭，大概是表示：你要不动我，我本来不愿多费眼泪。

痘儿落了痂，天赐开始喷牙。把“巴”似乎忘了，高兴便缩起脖子，小眼一挤，薄嘴唇一噘，噗！噗完之后，他奓拉着一双胖腮静候有什么效果。果然，大家都想看还包在牙床里的小嫩牙。他不叫看，谁过来噗谁个满脸花。身上的玩意儿越多，生活的趣味越复杂；牙已露出一个，他觉得噗噗又太单调了，于是自己造了一种言语，以“巴”为主音，随时加上各种音乐：有时候管牛老头儿叫“嘟嘟”，有时候管老刘妈叫“啊”，有时候自己作一首诗——“嘟嘟巴巴噗——噗！啊——”用手一指，原来诗中的要意是要出去，上院里玩玩。牛老太太不准，“野小子！看谁敢上院里去！”没办法，他只好继续作诗，嗯，嗯嗯！据四虎子的解释，这首极短峭的诗是骂牛老太太呢。

天赐可是还不会爬。“七坐八爬”，老刘妈早就这么预言下了，而天赐决定不与她合作，偏不爬。事实上是这样，他是头沉腿软，没法儿爬。他于是发明了滚，肚子、脊背，来回翻转，会横着移动。有时候利用肚子朝上的机会，小麻雀向空中喷水，直起直落，都浇在自己身上，演习着水淹七军。“这小子官样不了了！”牛老太太心里说。可是四虎子赶上太太不在家的时候，特意过来烦演这一出。“来一个，伙计！来一个直直的！”天赐为表示感激，真来了直直的；四虎子把预备买袜子的钱给天赐买了一对哗啷棒，一个脑子是五个黑豆的小人，头一动就哗啦哗啦地响。这头一批玩具是四虎子的礼物；那些当权的人们谁也没想到这一层！天赐露着小牙叫了四虎子一串儿“巴”，老刘妈那只好眼差点也气瞎了！

六　哔唧棒儿

新落花生又下市了，天赐已经一岁。

在他十个来月的时候，纪妈心中已打开了鼓：她真愿回家看看自己的娃娃去，可是她又怕回去。城里的享受和想家的苦痛至多不过是一边儿重，有时候她宁愿牺牲了大米白面与整齐的衣服，而去恢复骨肉团聚的快乐；个人的物质享受没完全克服了她的心灵（要不怎么老刘妈不喜爱她呢？难处是在这里：把自己撇开不提；那点钱！那点钱！！那点钱！！！在她看，她自己有了吃喝，她必须把所挣的钱全数交给家中，这才对得起大家。在家中看，她的离开家庭是种高贵的牺牲，可是他们真需要那点钱。她愿意回去，他们也愿意她回来，但感情敌不过老辣的事实，那点钱立在他们与她的中间，像一个冷笑的巨鬼，使他们的血结成冰。她的心拴在她自己的娃娃身上，她的理智永远吻着那几块钱。回去，回去！有时候她跺着脚这样自言自语。可是她真怕——有那么一天还是非回去不可呢！假如天赐断了奶！在十个月左右断奶是常有的事。她常愣着，长嘴闭成一道线，什么也想不出，只有家，钱，家，钱，两个黑影来回地撞她的心。

幸而在十个月左右，牛老太太没有提断奶的事，走狗老刘妈也没提。有多少多少事，该做的事，太太要是想不起，老刘妈便也想不起；有多少多少事，无须办的事，太太只要一提，老刘妈便有枝添上叶；地道走狗嘛。她们没有提，纪妈更会闭紧了嘴。可是她想起自己的娃娃，比天赐大着两个月，应当是生日了。一生日了，自己的娃娃，会走了吧，长了多少牙，受别人的气不受，吃了什么，穿着什么……她看着天赐落泪，在夜间；白天，得把泪藏起来。

对于天赐，她有时候发恨，因为她自己的娃娃；有时候恩爱，因为她自己的娃娃。一想起自己的娃娃，她看天赐只是一堆洋钱，会吃奶的洋钱。可也有时候，她紧紧地抱着他，一个跟着一个地亲嘴，长嘴岔连天赐的胖腮都吸了进去，像虾蟆吞个虫儿似的，弄得天赐莫名其妙。在断奶与失业的恐怖中，她没法不更爱这堆洋钱了。她心中唯一的希望是：假如天赐懂得报恩，而不许她走，她便能多混几个月——长久的计划是不能想的。她加意地看护天赐，而且低声地把委屈都告诉了他，他似乎懂又似乎不懂地和她瞎嘟嘟。有的时候，她把娃娃放下，而恫吓着："我走了！再不回来了！"然后走出几步去看看有什么作用。天赐多半是滚起来，抬着头，两手用力支持着，啊啊几声。纪妈心中痛快些——这小子还有人心。不过也有的时候，他手脚朝天，口中唱着短诗，完全不理她；这使她非常地难过，“好东西；我走就是了！”可是她知道那几块钱的价值是不能这么随便舍弃的。她稍微瘦了些。

至于天赐是否爱纪妈呢，很难说。这小子有时候能非常的冷静，两腮一垂，眼角耷拉着，很像个不大得志的神仙，对谁也不表示亲热，特别是对牛太太。在这三个女人中，自然他和纪妈最熟，但熟不就是爱。设若他能爱的话，无疑地他最爱四虎子，其次是牛老者，大概他是愿做个男性的男子汉。可是他也爱花的东西，谁的衣裳上有花，他便扑过去；纪妈看出这个来，可是她不敢穿花衣裳。在她的简单而可敬的心中打算着，假如被辞退，她走的时候须穿上一件花衣。设若天赐能抱住她不放，她的机会便多了些。她想暗中托四虎子把一件蓝布衫卖掉，以便买几尺花洋布；她决不肯动用工钱中的一文。

可是在执行这条计策之前，她觉出她脚下的地已稳固了些。有一天老刘妈病了，得由纪妈下厨房做饭。老刘妈最讨厌别人动她的锅碗刀勺。只要她支持得住，决不肯离开厨房。十回有八回，她有病而不告诉人，怕别人占据了她的地位。由忠诚而忌妒是走狗的伟大，而是圣人的缺点。这回，她可是不能不离开厨房了，因为四虎子发现了她手里拿着炒勺，躺在水缸的前面，嗓子堵着一口痰，一口很有将她憋死的把握的痰。四虎子慌了，慌得惊鸡似的，越嘣越没主意。直到牛老太太来到，他才把老刘妈卷巴卷巴抱到她屋里去。牛老太太开开自己的药库，细细合算了一番，找出一包纸上带“⟱”号的丸子来。牛老太太都文雅官样，就是记药包的办法是和送水和卖炭的学来的，在纸上画不同的鸡爪代表药的差别与功用：爪朝上的是妇科药，五爪的是治重病的。五爪丸灌下去，老刘妈喘过口气来，可是仍然不能动弹；太太也明白交派下来：非吃四爪丸不准下地。

这样，纪妈便非下厨房不可了。往常她每每张罗着帮老刘妈的忙，而都被拒绝了；老刘妈的势力范围是不许别人侵入的。四虎子倒能搭把手，如剥剥葱、洗洗米之类的不惊人的工作。可是四虎子是个“小子”呀；同性的不便合作，便给了异性的一些携手的机会。纪妈平日除了看孩子，次要的工作是做些针线活。老刘妈对这个是无可如何的，她的眼已不作脸了。可是她生气：不是她真愿包办一切，活活把自己累死，而是愿意一切都由她监管，她得在事实上算头一份儿。看看太太和纪妈讨论怎么裁，怎么做，完全没她的事，多么难堪！因此，她更得把厨房的门关得严严的了。现在，吃下五爪丸去，任凭纪妈侵略厨房，她觉得生命的空虚，像条一叫便咳嗽的老狗那么卧着。

纪妈自己知道不能和老刘妈竞争，就拿切葱丝说，她一辈子也不用想能切得那么细，像老刘妈切的似的。可是她心中痛快了点，只要一进了厨房，她以为便有可以顶了老刘妈的希望。她一点没有替老刘妈祷告快死的意思，但事实往往使人心硬一些：老刘妈吃了五爪丸，也许……呀！一个人的死会给别人一些希望。

更使她高兴的是天赐表示了态度。她正在煮饭，四虎子奉了太太的命令，调她急速回营，因为天赐和太太闹翻了。四虎子看着饭，纪妈脚尖高伸，脚踵急蹴，头上的发髻一起一落，慌忙地跑来。天赐在床上仰卧，手脚乱蹬，哭得异常伤心，而没有充足的眼泪。

“看这孩子，看这孩子！”牛老太太叨唠着，“不跟我，翻波打滚！好的，越大越有样儿了！”

天赐一点也没有把妈妈放在心上，扑过纪妈去，一头扎在怀里，登时不哭了。藏了有一分钟吧，回过头来笑了，眼皮上还悬着两个舍不得走的泪珠。

“从此你就别再跟我，你个小东西子！”牛太太指着他的鼻尖说。

“啊，噗！”天赐毫不客气地反抗。

纪妈没敢做任何的表示，极冷静地守着中立；介乎两大之间，这是最牢靠的办法。可是她心中自在了许多——要是天赐能多来这么几次，她的地位可就稳固多了。

到天赐生日那天，老刘妈才又照常办公，已把五爪四爪三爪等丸药都依次吃过；太太的医术简直比看香的张三姑还高明——这在老刘妈心中是最高的赞扬，因为张三姑能用香灰随便治好任何病症。

天赐的生日有两项重大的典礼，一项是大家吃打卤面，一项是抓周。第一项与天赐似乎无关，而好像专为四虎子举行的。

四虎子对打卤面有种特别的好感，只要一端起碗来就不想再放下。据他自己说，本来五大碗就正好把胃撑得满满的，可是必须加上两三碗，因为他舍不得停止吸面的响声；卤面的响声只能和伏天的暴雨相比，激烈而连贯。

第二项可是要单看天赐的了。大家全替他攥着一把汗。纪妈唯恐他去抓太太所不愿意叫他抓到的东西，因为他是吃她的奶长起来的，他要是没有起色，显然是她的奶没出息。一个妇人的奶要是没出息？！四虎子另有个愿望，他热心地盼望太太公道一些，把那对哗啷棒也列入，他以为小孩而不抓玩具简直不算小孩，而是个妖精。可是牛太太不能公道了，她早和刘妈商议好应用哪几件东西去试试天赐。太太有块小铜图章，是她父亲的遗物，虽然只是块个人的图章，可是看着颇近乎衙门里的印。太太最注意这件高官得做、骏马得骑的代表物。老刘妈建议：应把这块印放在最易抓到的地方，而且应在印纽上的小狮子上拴起一束花线，以便引起注意。其次便是一支笔、一本小书；二者虽不如马到成功伸手抓印的那么有出息，可是万般皆下品，唯有读书高，笔与书也是做官的象征，不过是稍绕一点弯儿。再其次是一个大铜钱，自从在咸丰年间铸成就没用过，非常地光亮。这是为敷衍牛老者，他是把钱放在官以上的人；天赐既是老爷和太太共同的产业，总得敷衍牛老者一下。

至于牛老者呢，他目下以为卤面高于一切，很有意加入一把羹匙，表示有卤面吃的意思——一个人有面吃，而且随便可以加卤，也就活得过儿了。可是他并没向太太去建议，少和太太办交涉是使卤面确能消化的方法，这个人专会为肚子而牺牲了理想。

纪妈当然没有发言权。四虎子向老刘妈打听明白，心中觉得不平。这太不公道了。况且怎见得哗啷棒便比铜钱低呢？可是，他自有办法。

一个非常美丽的秋天，浅远的蓝天上飞着些留恋的去燕。天赐抓周礼在正午举行，在桂香里飘来一两声鸡鸣。老刘妈把御定的几项物件都放在铜盘上，请太太过目。然后纪妈抱来天赐，他的脸还是耷拉着，仿佛一点也没看出一周年有什么可乐。虽然眉毛已有相当的进步，长出稀稀的几根。可是鼻子更向上卷了些，“不屑于”的神气十足。

老爷为保养肚子，带着里边的三碗卤面，已在床上打开了不很宜于秋高气爽的大呼。四虎子请了他一次，他嘟囔了几声，不知是要添点卤，还是纯粹为嘟囔而嘟囔。不管怎样吧，他依旧睡下去。

四虎子回来报告：

“老爷睡了；我替他吧？”

“你是什么东西？”太太说。

四虎子也愣住了，他自己不知道他是什么东西——这本是世上最难答的一个问题。可是他搭讪着站在屋里，手按着大褂的口袋，太太也没再驱逐他。

七　两种生活

一岁，两岁，三岁，光阴本来对什么都不挂心，可是小猫小狗小树小人全不住地往起长，似乎替光阴做消费的记录呢。天赐三岁了，看着很像回事儿。他说话，走路，断奶，都比普通小孩晚些，可是到了三岁他已应有尽有，除了眉毛不甚茂盛，别的还都能将就。一个小孩能全须全尾地活到三岁，并不是件容易的事；即使自己努力向善，有时候外来的势力会弄瞎他一只眼，或摔成罗锅儿，或甚至于使他忽然地一命呜呼。所以在自己努力之外，还得有些特别的智慧，能使自己的生长别和外来的势力顶了牛，如两个火车头碰到一处。天赐是值得佩服的，这三年工夫总算对付得不错。

牛老太太那份儿热心不止于负使天赐成了拐子腿的责任；专拿他的眉毛问题说，就剃过不知多少回。这个问题就很不易解决，而且很有把脑门剃个大口子的危险。天赐在这种地方露出聪明。原来的局势是：老太太以为非勤剃不可，即使天赐是块石头。而天赐呢，总以为长眉毛与否是他的自由，而且以为还没有到长眉毛的时候。设若这样争执下去，眉毛便一定杳无音信，而刀子老在眼前晃来晃去，说不定也许鼻子削下半个去。天赐决定让步，假装不为自己，而专为牛老太太，把生力运到脑门上去。这不仅是解决了小小的问题，和保全住了鼻子，而是生命哲学的基本招数。要做个狗得先长得像个狗，人也是如此。人家都有眉毛，你没有便不行，在这块没有自由，你想把它长得尖儿朝上像俩月牙似的都不行，要长就得随着大路，天赐明白了这个，所以由牛犄角里出来而到大街上溜达溜达。这未免有点滑头，可是老头儿有几个不是脑顶光光的？棺材里的脑袋多半是光滑的，这是"人生归宿即滑头"的象征。带着一头黑发入棺材固然体面，可是少活了年岁呢！

天赐非滑头不可。眉毛算是稀稀的足以支持门面了，还有头发问题呢。特别是那个扁脑瓢上，成绩太坏。还得剃！天下还有比剃头再难过的事？一上手，就把头部洗得和鱼那么湿。而后，按着头一劲儿剃，不准扬脖，不准摇动，不准打个喷嚏；得抿耳受死地装作死人，一点不关心自己的脑袋，仿佛谁把它搬了走也别反抗。偶然一动，头皮来个大口子；而且是你自己的不是。剃过一遍，还得找个二茬，脑袋好像是新皮球，非起亮不可。剃完以后，脑皮干巴巴的不得劲还是小事，赶到照镜子一看，无论多么好脾性的小孩也得悲观：头不像头，球不像球，就那么光出溜的不起美感，只好自比于烫去毛的鸡。头皮若是青青的也还好；像天赐的头皮，灰里发青，起着一层白刺，他简直没法看重自己。

因此，他决定长头发。头发有了不少而仍须剃的时候，他会装病，一听见剃头的唤头[1]响他就宣布肚子疼。我已有了头发，为什么还得剃呢？他自己这样问心，而觉得假装肚痛是可告无愧的。

眉毛头发俱全，脸又出了毛病，越来越黑。一天至少得洗三遍！水本是可爱的，可是就别上脸。水一上了脸非胡来不可，本来脸不是盛水的玩意。它钻你的眼，进你的耳朵，呛你的鼻子，淹你的脖子，无恶不作。况且还有胰皂助纣为虐呢，辣蒿蒿地把眼鼻都像撒上了胡椒面；你越着急，人家越使劲搓，搓上没完，非到把你搓成辣子鸡不完事，连嘴里都是辣的。不能反抗，你要抬头，人家就按脖子，一直按到盆里，使你的鼻子变了抽水机。也不能不反抗，你要由着性儿叫人家洗，人家以为你有瘾，能干脆把你的脸用胰子沫糊起来，为是显着白，整整糊四五点钟。天赐的办法是不卑不亢，就盼着给他洗脸的人生病。事实逼的，连天赐也会发恨。

他一点也没觉得脸黑有什么障碍，脸黑并无碍于吃饭。他不知大人们为什么必须替他操心。有许多他不能明白的事，而且

1　唤头：旧时沿街理发者所持的吆喝工具，铁制，形如巨镊。

是别问，问就出毛病。他学会了自己嘟囔，对着墙角或是藏在桌底下，他去自言自语："桌子，你要碰福官的脑袋呀，福官就给你洗脸，看你多么黑！给你抹一条白胰子，福官厉害呀！不是福官厉害，他们跟福官厉害，明白了吧？臭王八！"这最后的称赞，他没肯指出姓名来，怕桌子传给那个人，而他的屁股遭殃。

天赐虽然说不出来，可是他觉到：生命便是拘束的积累。会的事儿越多，拘束也越多。他自己要往起长，外边老有些力量钻天觅缝地往下按。手脚口鼻都得有规矩，都要一丝不乱，像用线儿提着的傀儡。天上的虹有多么好看，哼，不许指，指了烂手指头！他刚要嚷"瞧那条大花带儿哟"，必定会有个声音——"别指！"于是手指在空气中画了个半圆，放在嘴边上去；刚要往里送，又来了："不准吃手！"于是手指虚晃一招，搭讪着去钻钻耳朵，跟着就是："手放下去！"你说这手指该放在哪儿？手指无处安放，心中自然觉着委屈，可是天赐晓得怎样设法不哭。他会用鼻子的撑力顶住眼泪，而偷偷地跑到僻静地方去想象着虹的美丽，小手放在衣袋里往上指着。

多了，不准做的事儿多了。另有一些必须做的，都是他不愿意做的。他的小眼珠老得溜着，像顺着墙根找食吃的无娘的小狗。在那可怕的眼线外，他才能有些自由。对那些不愿做而必须做的，他得假装出快乐——当他遵照命令把糖果送到客人手下的时候，他会心中督促着自己："乐呀！福官不吃，送给客人吃。因为妈妈说福官不馋！"把唾沫咽下去，敢情没有糖那样甜！

要是由着他自己的性儿发育，谁知道他长成什么样子呢？他现在的长相决不完全出于他的心愿。三岁的天赐是这个样：脸还是冬瓜形，腮上的肉还坠着，可是没有了那层乳光，而且有时候奋拉得十分难看。嘴唇也没加厚，只是嘴角深深地刻入了腮部，老像是咽唾沫呢——客人来多了，眼看着糖果的支出而无收入，还不能不如此！鼻子向上卷着，眼抠抠着，前者是反抗，后者是隐忍，所以二者的冲突使稀稀的眉毛老皱皱着；幸而是稀稀的，要不然便太露痕迹了。扁脑勺上长出个反骨来，像被烟袋锅子敲起来的。脸上很黑，怎洗也不亮，到生气的时候才显出点黄色。身子似乎太小点，所以显着头更大。拐子腿，常因努力奔走，脚尖彼此拌了蒜，而头朝下摔个很痛心的跟头。因此，他慢慢地知道怎样谨慎，要跑的时候他把速度加在胳臂上，而腿不用力，表示点意思而已。

嘴最能干。他说话说得很晚，可是一说开了头，他学得很快：有些很难表现的意思，他能设法绕着弯说上来。因此，他的话不是永远甜甘；有时候很能把大人堵个倒仰。可是他慢慢地觉悟出来，话不甜甘敢情是叫自己吃苦子，于是他会分辨出对谁应当少说，对谁可以多讲；凡事总得留个心眼儿。对四虎子，举个例说，便可以无所不讲，而且还能学到许多新字眼，如“臭王八”“杂种日的”……对牛老太太，顶好一语不发；勤叫着点“妈妈”是没有什么错儿的。

天赐也有快活的时候，我们倒不必替他抱不平。跟牛老头儿上街，差不多是达到任何小孩所能享受的最高点。在出发的时候，他避猫鼠似的连大气也不出，表示他到了街上绝对不胡闹。连这么样，还得到许多蔑视人格的嘱告："到了街上别要吃的！好好拉着爸爸的手！别跑一脚土！"他心里跳着，翻着眼连连点头。一出了大门，哈哈，牛老头儿属天赐管了。"爸，你在这边走，我好踢这块小砖，瞧啊！爸！瞧这块小砖，该踢不该踢？"牛老者以爸爸的资格审定那块小砖："踢吧，小子，踢！"

"爸！"天赐因踢小砖，看见地上有块橘子皮！"咱们假装买俩橘橘，你一个，福官一个，看谁吃得快？"

爸以为没有竞赛的必要，顶好天赐是把俩橘橘都吃了。两个橘子吃完，至多也没走过了一里的三分之一。爸决不忙。儿也不慌。再加上云城是个小城——虽然是很重要的小城——爸的熟人非常地多，彼此见着总得谈几句，所谈的问题虽满没有记录下来的价值，可是时间费去不少。他们谈话，天赐便把路上该拾的碎铜烂铁破茶壶盖儿都拾起来，放在衣袋里，增多自己的财产与收藏。此外，路上过羊，父子都得细细观察一番；过娶媳妇的更不用说。在路上这样劳神，天赐的肚子好似掉了底儿，一会儿渴了，一会儿饿了。爸是绝不考虑孩子的肚子有多大容量，只要他说渴便应当喝，说饿就应当吃。更不管香蕉是否和茶汤，油条是否与苹果，有什么不大调和的地方。只要天赐张嘴，他就喜欢，而且老带出商人的客气与礼让："吃吧！苹果还甜呀！不再吃一个呀！"这有时候把天赐弄得都怪不好意思了，所以当肚子已撑得像个鼓，也懂得对爸做谦退的表示："爸！看那些大梨，多好看！福官不要，刚吃了苹果，不要梨！"爸受了感动："买俩拿家去吧？"天赐想了想："给妈妈的？"爸也想了想："妈不吃梨，还是给福官吧。"天赐觉得再谦让就太过火了："爸，买三个吧，给妈一个；妈要是不吃，再给福官。"

爷儿俩在街上便完全忘了时间，幸亏爸没陪着天赐吃东西，所以肚子一觉出空还不至于连回家也忘了。"该回去了吧？"爸建议。天赐的肚子充实："再玩玩，福官不饿。"爸不得已地说出自己的弱点："爸可饿了呢！"儿子又有了办法："吃个梨？"爸摇头："爸要吃饭饭。"爸都好，就是肚子稍微有点缺点；假如爸老不饿，三天不回家又有什么关系？天赐轻轻地叹口气。

快到家了，天赐嘱咐爸："妈要问，在街上吃了什么呀？"他学着牛老太太的语声，"就说什么也没吃，福官很乖，是不是，爸？""对了，"爸也觉得有撒谎的必要，"什么也没吃。可是，你别嚷肚子疼呀！"

"肚子疼也不嚷，偷偷上后院去。"天赐早打好了主意。为自己的享受与自由，没法儿不诡计多端。

可是事情并不这么容易。肚子早不疼晚不疼，偏在半夜疼起来。谁敢半夜里独自上后院呢？忍着是不可能的：肚子疼若是能忍住，就不能算是肚子疼了。

次日早晨，天赐的眼睛陷进去许多。牛老太太审问老伴儿。牛老者不认罪："我带出他去，他是好好的；回来，还是好好的；

半夜肚疼，能是我的错儿么？”老太太下了令，不许他们父子再上街。牛老者心里非常难过，一个做父亲的不常到街上展览儿子去，做爸爸还有什么意义呢？不该和太太顶嘴，嘴上舒服便是心上的痛苦，他决定不再反抗太太，至少是在嘴头上。

天赐就更苦了：什么也吃不着，一天到晚是稀粥白开水，连放屁都没味。也不准出去，只在屋里拿一点棉花捏玩意儿，越捏越没意思，而又不敢不捏，因为妈妈说这是最好的玩法嘛。

天赐觉得有两种生活，仿佛是。妈生活与爸生活：在妈生活里，自己什么也不要干，全听妈的；在爸生活里，自己什么也可以干，而不必问别人。自然他喜欢爸生活，可是和爸上街的机会越来越少了。次好的是四虎子生活，虽然四虎子不能像爸那样给买吃食，可是在另一方面他有比爸还可爱的地方。就以言语而论：四虎子会说谁也想不起怎说，而且要说得顶有力量的话。他能用一两个字使人心里憋闷着的情感全发出来，像个爆竹似的。一天到晚吃稀粥，比如说吧，该用什么话来解解心头的闷气？四虎子有办法：“他妈的！”这三个字能使人痛快半天，既省事，又解恨。还有“杂种”“狗蛋”……这些字眼都不需要什么详细说明，而天然地干脆利落，有分量。天赐学了不少这种词藻，到真闷得慌的时候，会对着墙角送出几个恰当的发泄积郁。四虎子，在天赐眼中，差不多是个诗人。

“肚肚，你又饿了？他妈的！那个老东——”天赐回头扫了一眼，“狗蛋！”心中痛快多了。

八　男女分座

在天赐断奶之后，纪妈心里愁成个大疙瘩。她恨不能飞回家去，看看自己的娃娃，真的；可是她不敢说，到底是娃娃还是工钱更可宝贵。

正在她最害怕的时候，老刘妈又病了，而且病得很重。

牛老太太虽然药多，可是她知道：药治得了病，治不了命。老刘妈是快七十的人。老太太为了难：万一刘妈死了呢，哪去找这么可靠的人？这并不是说，“老”就好，不是；老刘妈的好处是在乎老当益壮。老马要是能照样干活，谁舍得钱去买匹小的呢？况且养着能干活的老马也显着慈善不是？可是老马既然拒绝了吃草，那也说不上不另打主意。走狗的下场头啊！

为思路的顺便，牛太太自然而然地想到了纪妈。纪妈年轻力壮，而且也是乡亲，满可以代替老刘妈。可是纪妈自己有小孩，还能够叫她带来么？叫个不三不四的野孩子和天赐在一块，干脆不行，只能让她“暂代”，至于长远之计——忽然想起四虎子来。给四虎子娶个老婆，岂不一打两用：一来可拢住他的心，二来可以用个女仆，倒也不错。反正四虎子的老婆得由牛宅给娶，他自己没家没业。可是四虎子娶亲后，要是有小孩呢？这么一想，老太太不甚热心了。越是下等人越会生小孩，这使她气恨。好，没使成女仆，倒闹得天上地下都是孩子，那才有个意思呢！不行。

老刘妈的病可不这样犹疑，一天不如一天。四虎子下乡把她的儿子找来。牛太太说得好：“要死得死在自己家里。”老刘妈真没想到这个。太太应许了她一口棺材，作为她服务几十年的报酬。

老刘妈走后，纪妈暂行代理。不多的日子，刘妈死了。纪妈能否实任呢？牛老太太没有什么表示。她看纪妈很努力，可是孩子问题不能解决。正在这么个时候，乡下送上信来：纪妈的孩子死了。纪妈不敢放声哭，怕主人说丧气，可是两三夜眼泪没有干过。为那几块钱，把人家的孩子奶大，自己的娃娃可死了，死了！她梦见她的娃娃，想着她的娃娃，低唤着她的娃娃；永远不能见面了！她恨她自己，恨她的丈夫，恨天赐；世界上再没有爱。“穷”杀死一切。她两三天没正经吃饭，可是还得给别人做，油腥味使她恶心，使她想把碟子碗全摔了。到底她得横心，钱是无情的。她只得为丈夫奔，为他想。她得自动地忘了她的娃娃，自己管住眼泪。钱不听，也不原谅，哭声！

她和太太请三天假，回家看看死娃娃。

“那么，你还愿意回来？”太太问。

纪妈用尽了力量回答：“愿意！”为那些工钱。命不是肉做的，是块比钱的分量轻的什么破铅烂铁。

太太合算了一番：为四虎子娶老婆得花一百多块。这笔钱早晚是得花的，不错；可是晚一点到底有利无弊。先叫纪妈试试吧：“只要你愿意，你就回来，我这也缺人。好在娃娃也死了，你也没的可惦记着了；做几年事也不错，趁着年轻。”

“没有可惦记着的了！”在纪妈心里来回地响，她的泪不由得落下来；看在钱的面上，她不能否认这句话。

太太还有话呢，纪妈没心去听，可是不能不听着。

“你回来，就干老刘妈的事了。话得说明白：以后你可不是奶妈了，我也不能给那么大的工钱。不在乎一两块子钱，规矩是规矩；奶妈照例是挣得多点。我也苦不了你，我这儿饭食不苦，这你知道。你好好干呢，我穿剩下的衣裳都是你的；三节还有赏钱。我不在乎一块半块子钱，我不能叫人笑话我；这城里没有五块钱一个月的老妈子。以后，我给你三块钱，这是规矩。你干得好呢，我再给你五毛点心钱，咱们以好换好。是这么着不是？”

纪妈点头，她说不出话来。在城里这么多日子了，她知道，老妈子的工钱真是三块钱一个月。她什么也说不出，这是规矩！

她走了三天，天赐就开始跟牛太太去睡。他和纪妈的关系，从此，也就说不上是好是坏来。纪妈老有点恨他，她老记着：她的娃娃比天赐大两个月。越看天赐长身量，她越难过——她的娃娃永远不长了。天赐自然是莫名其妙。可是久而久之，他觉到纪妈的眼神有点不大对，不能不躲着她了。不过纪妈也对他有好处，每逢他饿了，眼看着盘中的吃食而不敢要，他便偷偷去找纪妈。在这种时节，她的眼神不对也得算对，她总会给他烤块馒头什么的吃："吃吧，小东西！不饿也不找我来！"天赐没办法，只好先安慰了肚子，而后再管灵魂。他慢慢地把家里的人分为两组，一组男，一组女；女组是不好惹的。

他越大越觉出男女的不同，也越不喜欢女的。当四五岁的时候，牛老太太遇上亲友家有红白事，高兴便带了他去。在出发之前，看这顿嘱咐与训练：别当着人说饿，别多吃东西，别大声嚷嚷，别弄脏了衣裳；怎么行礼？做一个看看！怎给人家道喜？说一个……而后打扮起来：小马褂，袖儿肥阔而见棱见角，垂手吧，袖儿支支着；抬着手吧，像要飞。长袍子，腰间折起一块还护着脚面，不留神便绊个跟头。小缎帽盔，红结子——夏天则是平顶草帽，在头上转圈。这样装束好，他的脸不由得就拉得长长的；通体看来：有时候像缩小的新郎官，有时候像早熟的知县。他非常地看不起自己，当这样打扮起来。出大门的时候，他不敢看四虎子，准知道四虎子向他吐舌头呢。

在家里差不多快叫女的给摆弄碎了；到了外面，女人更多，全等着他呢。"哎哟，福官长这么高了！这个小马褂，真俏！"他只好低着头看自己的鞋尖，脸上发热。家里的女人在后面戳脖梗子："说话呀！处窝子！"他想不起说什么，泪在眼里转圈。而后，人家拍他的扁脑瓢，专为使小帽盔晃动，因为那里空着一大块。扒拉他的脸蛋，闻他的手；怎么讨厌怎办，这群女的。

虽然表面上这么表示亲善，可是他看得出她们并不爱他。有妈妈在跟前，大家乖乖宝贝地叫；妈妈不跟着，人们连理他也不理；眼睛会由小马褂上滑过去。更叫他伤心的，他要是跟人家的小孩玩耍，人家会轻轻地把小孩拉走，而对他一笑："待会儿再玩。"他木在那里半天不动，马褂又硬整，很像个没放起来的风筝。他不知这是因为什么，不过他——四五岁了——觉出有点什么不对的地方来。他只能自言自语地骂几声："妈妈的！"

等到回了家，还得被审："谁跟你玩来着？"

"小秃；刚玩一会儿，小秃妈把小秃拉走。"

"哦！哦"妈妈连连点头，脸上不是味儿。

爸要是带他出去，便没这些事。爸给亲友贺喜或吊祭去，只是为吃。在路上父子就商议好：你爱吃丸子，是不是？好吧，爸给多夹几个。吃完饭上哪儿呢？出城玩玩？还是上老黑的干果子店？要是上老黑那里去，爸可以睡个觉，而天赐可以任意地吃葡萄干，蜜枣；而且伙计们都愿陪着他玩：在柜里藏闷儿，拔萝卜，或是赌烟卷画儿。男人们不问这个那个的。况且老黑还有一群孩子呢。这群孩子中能走路的全不常在家。不过，要赶上他们在家，那个乐趣差不多和做一回皇上一样。这群孩子永远不穿小马褂，脚老光着，而经验非常地丰富。男的和女的一样。全知道城外的一切河沟里出产什么，都晓得怎样掏小麻雀，捉蜻蜓，捞青虾，钓田鸡，挖蟋蟀……他们的脸、脖子、脊背，都黑得起亮；有泥也不擦，等泥片自己掉下去，或是被汗冲了走。

天赐跟他们玩半天，才知道自己的浅薄，而非常高兴他们的和蔼可亲。他们都让着他，比如捉老瞎的时候，他要是被捉住，该打十板就只打五板，可是打得一样的疼。天赐忍着痛，不哭；他晓得他们的打手板是出于诚意，打得不疼还打个什么劲？他们诚意地告诉他，小马褂不是人穿的。假如出城去掏麻雀或捞青虾，可能穿着马褂吗？说得他闭口无言，而暗恨妈妈。提到了妈妈，他们更有办法："妈妈？妈妈的腿慢呀。一打就跑；妈妈追不上。"

"妈妈要不给饭吃呢？"天赐问。

"就不吃！非等妈妈来劝不可。"

"妈妈要是不来劝呢？"

"先偷个馒头垫垫底儿。"

听了这个和一些别的，天赐开始觉到该怎样做个男子。和爸回家的时候，先得了爸的同意——在路上不用穿小马褂了。爸不反对。到了家中，他预备扒袜子，看光脚行得开行不开。把袜子扯下来，先到厨房探探纪妈的口气。

"你这孩子，找打呢！"

天赐心里说："打？我会跑！"假装没事似的往妈妈屋中走，鼻子卷起高度的反抗精神。

“越学越好了！”预期的雷声到了，“谁兴的光脚啊？”天赐沉着应战，假装没听见。

“说你哪！穿上去！”

“不爱穿！”

妈妈气得脸都白了“好，好！你可也别吃饭！”

“先偷个馒头垫垫底儿！”天赐自己知道非失败不可了。不行，到底自己没那么多的经验！男子汉恐怕做不成了。

结果，还是穿上了袜子，托纪妈给说的情，自己认了罪，才吃上了饭。肚子饱得没什么味儿，可是也没办法。妈妈到底不是好惹的，而肚子又不给自己作脸，失败！

天赐苦闷，没有小孩和他玩。大门成天关得严严的，而院里除了他都是大人。四虎子虽然可爱，究非小孩。天赐常常见着老黑的那伙儿女，可惜是在梦里！

他只好独自在院中探险。大门里是四虎子的屋子，他常来玩玩，特别是妈妈睡午觉或不在家的时候。和这间屋子连着的是三间堆房，永远锁着。四虎子抱起他从窗纸的破处看过一回，里边的东西复杂而神秘。这是牛老者营商的史料保存所；招牌，剩货，帐竿……全在这儿休息着。天赐对这三间屋子有点怕，又愿进去拾些玩具，可是进不去。对着这三间堆房是个小屏风门，进门便是三合房的院子了。北房前有两株海棠树，这有时候供给他一些玩的材料。有一回，树上落下两个小青海棠来，他和它们玩了整整三点钟。从北房与东房的拐角过去，有个小院。这个拐角，据天赐看，是军事上的要地：倒水的，送煤的，纪妈……都得由此经过，他常想藏在垛子旁边“呔”他们一声，吓他们一大跳。可是他呔过纪妈一次，而她把茶碗撒了手；所以他只能常“想”。小院里有三间屋子，纪妈住一间，厨房住一间，煤住一间，按照他的叙述法。

他一天到晚就在这个小世界里转，虽然也能随时发现些新东西，可是没人和他一同欣赏；遇必要时，他得装作两个人或三个人，从东跑到西，从西跑到东，以便显出生命的火炽。及至跑累了，他坐在台阶上，两眼看着天，或看着地，只想到：“没人跟你玩呀，福官！”

九　换毛的鸡

黄绒团似的雏鸡很美，长齐了翎儿的鸡也很美；最不顺眼是正在换毛时期的：秃头秃脑翻着几根硬翅，长腿，光屁股，赤裸不足而讨厌有余。小孩也有这么个时期，虽英雄亦难例外。"七岁八岁讨狗嫌"，即其时也。因为贪长身量而细胳臂蜡腿，脸上起了些雀斑，门牙根据地作"凹"形，眉毛常往眼下飞，鼻纵纵着。相貌一天一变，但大体上是以讨厌为原则。外表这样，灵魂也不落后。正是言语已够应用的时候，一天到晚除了吃喝都是说，对什么也有主张，而且以扯谎为荣。精力十足，在万不得已的时候才翻着跟头睡觉；只要醒着手就得摸着，脚就得踢着，鞋要是不破了便老不放心。说话的时候得纵鼻，听话的时候得挤眼，咳嗽一声得缩缩脖，骑在狗身上想起撒尿。一天老饿。声音钻脑子，有时候故意地结巴。眼睛很尖，专找人家的弱点：二嫂的大褂有个窟窿，三姨的耳后有点泥……都精细地观察，而后当众报告，以完成讨厌的伟业。狡猾，有时也勇敢；残忍，无处不讨厌。

天赐到了这个时期。七岁了。两腮的肉有计划地撤去，以便显出嘴唇的薄。上门牙一对全由他郑重地埋在海棠树下，时常挖出看看。身量长了不少。腿细而拐，微似踩着高跷。臂瘦且长，不走路也摇晃。小眼珠豆一般地旋转。鼻子卷着，有如闻着鼻梁上那堆黑点。扁脑瓢摇动得异常灵便，细脖像棵葱。

牛老太太对这个相貌的变化并不悲观，孩子都得变。她记得她的弟弟，在八九岁的时候整像个瘦兔，可是到了十六岁就出息得黄天霸似的。这不算什么。

她没想到的是这个：以她这点管教排练，而福官不但身体上不体面，动作上也像个活猴。她很伤心。一天到晚不准他出去学坏，可是他自己会从心里冒坏！越叫他老实着，他越横蹦乱跳，老太太简直想不出个道理来。越叫他规矩点，他越棱棱着眼说话，这是由哪里学来的呢？吃饭得叫几次才来，洗脸得两人按巴着；不给果子吃就偷。胆气还是非常的壮，你说一句，他说两句；要不然他干脆一声不出，向墙角挤眼玩。打也没用，况且一身骨头把人的手碰得生疼。

最气人的是凡事他得和四虎子去商量！原来四虎子看天赐的门牙一掉，不敢再拿他当小孩子了，所以开始应用一个新词儿——咱哥俩。天赐也很喜爱这个亲切有味的词，一出屏风门便喊："咱哥俩说个笑话呀！"其实四虎子并不会说笑话，不过是把一切瞎扯和他的那点施公案全放在笑话项下。他的英雄也成了天赐的英雄；黄天霸双手打镖，双手接镖，一口单刀，甩头一子，独探连环套！据天赐看，四虎子既有黄天霸这样的朋友，想必他也是条好汉，很有能力，很有主意。所以他事事得和四虎子商议。四虎子也确是有主意。

"咱哥俩问你点事。"天赐在这种时节，说也奇怪，能够一点也不讨厌。

"咱哥俩说吧。"四虎子也很真诚。

"想买把刀；街上不是有吗？鬼脸，刀，枪，布娃娃；我不要布娃娃，先买把刀得了。"天赐因为缺乏门牙，得用很大的力量把"刀"说清楚正确，于是溅了四虎子一脸唾沫星子，"妈妈不给钱，怎办？"

"单刀一口，黄天霸，双手接镖？"四虎子点破了来意。

天赐笑了，用舌头顶住门牙的豁子。

四虎子想了想："跟爸上街，走到摊子前面，怎说也不再走；看，爸，那刀多好！可别说你要；就是一个劲儿夸好，明白不？爸要是给买了，回来你告诉妈妈，不是我要哇，爸给买的！棱棱着点眼睛说都可以。"

"爸要是不给买呢？"

"不走就是了！"

"镖呢？"

“那不用买，找几块小砖头就行。看着，这是刀，”毛掸子在四虎子的右手里，“往左手一递，右手掏镖，打！练一个！”

天赐聚精会神地接过掸子来，嘴张着点，睛珠放出点光，可是似乎更小了些，照样地换手掏镖。他似乎很会用心，而且做得一点不力笨。

爸果然给买了把竹板刀，刷着银色。在后院里，天赐练刀打镖，把纪妈的窗户纸打了好几个窟窿。他佩服感激四虎子。凡事必须咱们俩商量，把牛老太太气得直犯喘。

有的时候，老太太还非求救于四虎子不可：天赐已经觉出自己的力量，虽然瘦光眼子鸡似的，可是智力与生力使他不肯示弱。他愿故意讨厌，虽然他可以满不讨厌。事情越逆着来，他越要试试他的力量，他的鼻子不是白白卷着的。恰巧牛老太太是个不许别人有什么主张的人，战争于是乎不能幸免。可是，妈妈与儿子的战争往往是妈妈失败。因为她的顾虑太多，而少爷是一鼓作气蛮干到底。

“福官，进来吧，院子里多么热！”

“偏不热！”天赐正在太阳地里看蚂蚁交战，十分地入味儿。

“我是好意，这孩子！”

“不许看蚂蚁打架吗？！”好意歹意吧，搅了人家的高兴是多么不近情理，况且看蚂蚁打仗还能觉到热吗？

“偏叫你进来！”

“偏不去！”又替黑蚂蚁打死三个黄的。

宣战了！可是太太不肯动手，大热的天，把孩子打坏了便更麻烦。不打可又不行。退一步讲，出去拉进他来，他也许跑了，也丢自己的脸。

“四虎子！”太太在屏风门上叫，不敢高声，怕失了官派，“你跟福官玩玩，别让他在太阳底下晒着。”

四虎子来了，在天赐耳旁嘀咕了两句。

“上门洞说去？”天赐跟着黄天霸的朋友走了。

太太不久也学会了这招儿，可是不十分灵验。

“福官，你要是听说呀，我这儿有香蕉！”

天赐连理也不理，谁稀罕香蕉！几年的经验，难道谁还不晓得果子专为摆果盘，不给人吃？妈妈是自找无趣。

为赌这口气，妈妈真拿了根香蕉。嗯，怎样桃子底巴上短了一口呢？三个，一个上短了一口！

“福官！这是谁干的？”

“桃儿呀？”福官翻了白眼，“反正，反正我才咬了三口，凑到一块还赶不上一整个！”

妈妈放声地哭了。太伤心了：自己没儿，抱来这么个冤家，无处去说，无处去诉！

天赐慌了，把妈妈逼哭了不是他的本意。拐着腿奔了四虎子去：“咱哥俩想主意，妈妈哭了！”

“为什么？”

“我偷吃了桃！”

“几个？”

“三口！”

“怎么？”

“一个上一口，凑到一块还不够一整个；挨打也少挨点！”

在桃儿的压迫下，算错了账是常有的事。

他们找纪妈去劝慰太太，太太更伤心了。没法说呀！不能说天赐是拾来的，不能。可是你为他留脸，他不领情。三个大桃，一个上一口！

好容易妈妈止了悲声，天赐和四虎子又做一度详细的讨论。四虎子的意见是“我要是偷，就偷一个；你的错处是在一个上一口！”

“求爸赔上妈妈三个呢？”天赐问。

“也好！”

偷桃案结束了以后，太太决定叫天赐上学；这个反劲儿，谁受得了？

孩儿念书，在老太太看，与其是为识字还不如是为受点管教。一个官样的少爷必得识字，真的；可是究竟应识多少字，老太太便回答不出了。她可是准知道：一个有出息的孩童必须规规矩矩，像个大人似的。因此，她想请先生来教专馆。离着先生近，她可以随时指示方针；先生实在应当是她的助手。

牛老者不大赞成请先生，虽然没有不尊重太太的主张的意思。商业化：他并不能谋划得怎样高明，可是他愿意计算一下；

计算得好歹，他也不关心，不过动动算盘子儿总觉得过瘾。他的珠算并不精熟，可是打得很响。太太一定要请先生，也好；能省俩钱呢，也不错。他愿意天赐入学校。这里还有个私心；天赐上学，得有人接送；这必定是他的差事。他就是喜欢在街上遛遛儿子。有儿子在身旁，他觉得那点财产与事业都有了交待，即使他天生来的马虎，也不能完全忘掉了死，而死后把一堆现洋都撒了纸钱也未免有失买卖规矩。可是太太很坚决：不能上学校去和野孩子们学坏！她确是知道天赐现在是很会讨厌，但她也确信天赐无论怎样讨厌也必定比别人家的孩子强。再说，有个先生来帮助她，天赐这点讨厌是一定可以改正的。牛老者牺牲了自己的意见，而且热心帮忙去请先生；在这一点上，他颇有伟大政治家的风度。所以怕太太有时候也是一种好的训练。

牛老者记得死死的，只有"老山东儿"会教馆，不知是怎么记下来的。见着朋友，他就是这一句："有闲着的老山东儿没有，会教书的？"

不久，就找着了一位。真是老山东儿，可是会教书不会，介绍人并没留意。介绍人还以为牛掌柜是找位伙计或跑外的先生呢。及至见了面，提到教书问题，老山东儿说可以试试，他仿佛还记得幼年间读过的小书：眼前的字们，他确是很能拿得起来，他曾做过老祥盛的先生。一提老祥盛，牛老者肃然起敬：

"老祥盛？行了，家去见见吧！老祥盛。"这三个字有种魔力，他舍不得放下，"老祥盛的老掌柜，孟子冬，现在有八十多岁了吧？那样的买卖人，现在找不到了，找不到了！”

王宝斋——前任老祥盛的管账先生——附议：孟子冬孟老掌柜那样的人确是找不到了；他死了三四年了。

王宝斋有四十多岁，高身量，大眼睛，山东话亮响而缠绵，把“腿儿”等字带上嘟噜，“人儿”轻飘地化为“银儿”，是个有声有色的山东人。

束脩多少，节礼怎送等等问题，王老师决定不肯说，显出山东的礼教与买卖人的义气：“你这是怎么了，牛大哥，都是自己银儿！给多少是多少，给多少是多少；我要是嫌少，是个屌！”王老师感到激动，不自觉地说着韵语。

老者本来不敢拿主意，就此下台，回家和太太商议。太太有点怀疑王宝斋的学问与经验。老者连连地声明：“老祥盛的管账先生，老祥盛的！”太太仔细一想：没有经验也好，她正可以连天赐带老师一齐训练。于是定了局：每年送老师三十块钱的束脩，三节各送两块钱的礼，把外院的堆房收拾出一间做宿室，西屋做书房，每天三顿饭——家常饭。

“就是花红少点！”牛老者的批评是。

“节礼！”老太太不喜欢商业上的名词，“以后再说，教得好就多送。”

八月初一开馆。天赐差不多是整七岁。

十　开市大吉

念书，请老师，不好就打……弄得天赐连饭也不正经吃了。什么是书呢？牛老太太虽然讲官派，可是牛宅没有什么书。牛老者偶尔念念小唱本，主要的目的是为念几行，眼睛好闭上得快一些。一本小唱本不定念多少日子，而且不定哪一天便用它裹了铜板。天赐不晓得书是什么东西，更不知道为何要念它。老师这个词也听着耳生，而且可怕——带“老”字的东西多数是可怕的，如“老东西”，老虎……

他得和四虎子商议一番：

“咱哥俩问你干什么念书？”

“念好了就做官，念不好就挨板子！”

天赐的心凉了半截。“什么是老师呢？”他的小眼带出乞怜的神气，希望老师是种较比慈善的东西。

“老师教给你念书，手里拿着板子。”四虎子不能不说实话，虽然很难堪。

天赐不言语了，含着眼泪想主意。待了半天，他问：“我打他行不行呢？”

“不行，他个子大，你打不了他。”

“咱哥俩呢，你帮助我？”

四虎子非常难过，他没法帮助他的朋友；老师是打不得的！他摇头，天赐哭了。

八月初一就快到了！天赐一天问四虎子六七次：“还有几天？”

“早着呢，还有三天！”四虎子想给朋友一点安慰，可是到底说了实话。三天！可怜的天赐！“不用怕，下学之后咱们还能练刀玩，是不是？”

这个都没引出天赐的笑来。挨了板子还有什么心程练刀呢！“三天以后，一定是八月初一？”

“一定！”

跑不了了！两个朋友都默默无言，等着大难临头。天赐所有的想象都在活动着：书也许是个小鬼，老师至少是个怪物，专吃小孩，越想越怕，而怕得渺茫；到底不准知道为什么，为什么给小孩请个怪物来呢？为什么必得念书呢？

“就不许咱们玩吗，连好好地玩也不许吗？！”天赐的小心儿炸开了。他直觉地知道玩耍是他的权利，为什么剥夺了去呢？为什么？

四虎子受了刺激，他想起自己的幼年来："你还比我强得多呢！你七岁？我由六岁就没玩过，捡煤核，拾烂纸，一天帮助妈妈做苦工，没有玩的时候。八岁，妈妈死了。"他愣了会儿，"八岁，我夏天去卖冰核，冬天卖半空的落花生。九岁就去学徒，小刀子铺，一天到晚拉风箱；后来又去卖冰核，我打小刀子铺跑出来，受不了风箱的烟和热气——连脚上全是顶着白脓的痱子，成片！还挨打呢！十二岁我上这儿当碎催，直到如今！你强多了！别怕，下学之后，我和你玩；不说瞎话！咱哥俩永远是好朋友，是不是？"

天赐得到一点安慰。可是一进里院，这点安慰又难存在了。

"看你还用砖头溜我的窗户不？！"纪妈看天赐到了上学的年龄，怎能不想起自己的小孩；想起自己的小孩还能对天赐有好气？"一天到晚圈着你，叫老师管着，该！看你还淘气，拿大板子打，我才有工夫去劝呢！"

"用你劝？先打你一顿！"虽然这样嘴皮子强，天赐的心中可是直冒凉气。

妈妈还不住地训话呢。越躲着她越偏遇上她，一遇上就是一顿："福官，你这可快做学生了，听见没有？事事都有个规矩。老师可不同妈妈这么好说话，不对就打，背不上书来就打。提防着！好好地念，长大成人去做官，增光耀祖，听见没有？"

天赐不敢不听着，低着头，卷着鼻子，心里只想哭，可又不敢，双手来回地拧，把手指拧得发了白。

爸是最后的希望。纪妈无足轻重。妈妈的话永远是后话：什么长大了做官，什么她死后怎样。四虎子的是知心话，但是他没去请老师，当然他不晓得老师到底怎么样。得去问爸，爸知道。

“爸！爸！”

“怎着，小子？请坐吧！”爸就是爱听“爸”字，喜欢得不知说什么好。

“老师几儿来？”

“八月初一。”

真的！

“老师爱打人呀？”天赐的心要跳出来。

“我不知道。”牛老者说的是实话。据他看，老祥盛的管账先生怪和气的，不像打人的样儿；可是太太设若一张劲托咐，“老山东儿”也未必不施展本事。这个高身量大眼睛的先生，要是打人，还管保不轻。他只顾了讲束脩送花红，始终没想到这个打人的问题。他觉着有点对不起天赐。他不愿意儿子挨打，可又没法反抗太太的管教孩子。他的坏处就是没有主张。“咱们得商量商量。”他道歉似的说。

天赐看出来机会，学着纪妈着急时的口气：“老师要打我，我就死去！”

“可别死去！”老头儿揪着黄胡子想主意，“这么着吧，我先对老师说一声，别打人！他要是打你，我就扣他的工钱！”

天赐心里舒服了点。“老师也拿工钱哪，我也先扣他点！”

牛老者又觉得有点对不起王宝斋。左右一为难，想出条好办法来：马马虎虎就是了。妈妈是条条有理，不许别人说话；爸是马马虎虎，凡事抹稀泥。天赐就是在一块铁与一块豆腐之间活了七岁。

八月初一到了！天赐怕也不是，不怕也不是，一会儿以为老师是怪物，一会儿想起扣老师的工钱。

小马褂又穿上了，等着拜老师，天赐像闪后等着雷似的，脸上红一阵白一阵。

老师来了！四虎子报告的时候，声音都有点岔批儿。

天赐不敢看，又愿意看，低着头用眼角儿扫：原来老师是个人，高大，一眼看不到边！

老师似乎没大注意天赐，只对爸妈一答一和地说话儿，声音响亮，屋里似乎嗡嗡地响，天赐只听见了声音，可是听不明白大家是说什么；他觉着非常的慌乱，好像一切熟识的东西都忽然变了样，看着果盘上的鲜红苹果都不动心了。

牛老太太要考考老师，问先念什么书？老师主张念《三字经》，并且声明《三字经》和《四书》凑到一块就是《五经》。

牛老者以为《五经》太深了些，而太太则以为不然：“越深越好哇！不往深里追，怎能做官呢！”

这些，对天赐都没意义；下面的几句，他听明白了：“王老师，”妈妈的声调很委婉，“追他的书是正经，管教他更要紧。只管打他，不打成不了材料！”

“嫩皮嫩骨的！”牛老者低声地说。太太可是没听见。

天赐的心反倒落下去了，跑是跑不了，等着挨打吧，“他妈的！”正在这么个工夫，忽听老师说：“先拜圣人吧！”

天赐又吓了一跳，四外找，并不见什么圣人或生人。

牛老太太早就预备好了圣人牌，在条案上供着。牌前香炉蜡签，还有五盘鲜果。牛老者点着高香，插在炉内。牛老太太扯着小马褂，按在垫子上：“给圣人磕头，磕九个，心里祝念着点，保佑你记性好，心里灵通！”

天赐看着香光烟雾，心中微跳，明知案上是个木板，可是由不得不恭而敬之，这块木板与普通的木板大有不同，这是圣人！

拜完了圣人该拜老师，王宝斋一劲儿谦恭，可是老太太非请他坐着受礼不可：“师父，师父！老师和父亲一边儿大！”王宝斋没的可说，五鸡子六兽地受了礼，头上出了汗。天赐莫名其妙，哭也不好，笑也不好，直大口地咽气。

拜完师，参观书房。天赐没顾得看别的，只找有板子没有。桌上放着呢！二寸宽，烟袋那么长。王老师拿起来，抡了抡：“真可手，我的伙计！”天赐以为这就开张，嘴唇都吓白了，直往爸身后躲。“老师说着玩呢，说着玩呢！”牛老者连连解说。天赐看老师把板子放下了，又假装地笑了，笑得像个屈死鬼似的。

妈妈去监督纪妈做饭；菜是外边叫来的，四盘四碗四碟，该蒸的蒸，该热的热。纪妈急得直出汗，因为蒸完热完，再也摆弄不像原来那么好看；老太太得自己下手。

牛老者陪着老师在书房说话，天赐穿着小马褂在一旁侍立，来回地换腿，像个要睡的鸡。他们的谈话内容，他不十分懂，可是很耳熟，正像往常爸和客人谈的一样：铺子、行市、牙税、办货、三成利、看高、撒手……这些耳熟而不易明白的字在他们的话中夹杂着：这也许就是书？他想。

王宝斋很能讲话，似乎和爸说得很投缘。王老师本来也是要露一手：他想把牛老者说动了心，拿点钱叫他去开买卖；教书，他满没放在心里。闲着也是闲着，先有个吃饭的地方，慢慢地再讲。

酒饭上来，四虎子一边端菜，一边向天赐善意地吐舌头；天赐可忍不住了，哭出了声。

“别哭哇，小子！陪着老师吃饭呵！”牛老者安慰着儿子。

“不吃！不陪！操姥姥！”

“四虎子！带他玩会儿去！”

拉着四虎子的手，天赐把所有的委屈都翻上来，一边抽气一边叨唠，眼泪往小马褂紧滴，滴得带响。

“得，得了！太太可就上前院来，叫她听见又不答应！”四虎子劝着，“擦擦眼泪！啊，对了！那天咱们不是说，黄天霸打镖——打谁来着？”

天赐想起黄天霸来，心气壮起了点。四虎子跟他玩了会儿，说：“我还得端菜去呢。”天赐也没强留他，只嘱咐：“要是有丸子呀，给咱哥俩拿两个来。”四虎子给私运来一个馒头、两个丸子，天赐拿丸子当镖往嘴里打，吃得分外的香甜。

第二天开始上书，天赐无论如何也记不住：“人之初，性本善。”王老师瞪着大眼睛把嘴唇都说木了，徒弟还是记不住。他本来没有耐性，不过为讨牛老者的好，真不肯和天赐闹起来。他看着天赐怪可怜，本想和他瞎扯一回，又怕牛太太听见。他没想到教书会这么难！没办法，只好死教：人之初，人之初，人之初……说到不知是五百遍还是五百五十遍，他说走了嘴：人之初，狗咬猪！

“老师！我记住了，狗咬猪！”天赐心里非常地痛快，“我告诉四虎子去吧！人之初，狗咬猪，人一出来，一瞧，喝，狗咬着一个大母猪！”

王老师不敢高声地笑，憋得反倒要哭。他不能叫天赐出去：“人之初，性本善，会说不会？”

“性——善是怎回事？”天赐大着胆问。

把老师问住了：“这是书，你得记着，不用问！”

天赐不问了，可是把狗咬猪记得死死的，怎么也改不过口来。王老师出了汗，这要叫老太太听见，像什么话呢？！

“先写字吧！”老师想出个主意来。天赐也觉得写字比念书有兴趣：笔，墨，红模子，多少有些可抓弄的，老师先教给拿笔，天赐卖了很大的力量，到底是整把儿攥合适。王老师也不管了：反正这不是个长事，给他个混吧，爱怎写怎写。天赐大把儿握笔，把墨都弄到笔上，笔肚像吃饱了的蜘蛛。然后，歪着头，用着力量，按着红道儿描；一顿一个大黑球，一顿又一个大黑球。描了几个字，墨已用干，于是把笔尖放在嘴里润一润，随着用手背抹了一下，嘴两边全长了胡子。又描了两个，墨色不那么黑了，有点不高兴，于是翻过纸来改为画小人，倒还有点意思。不喜欢谁就画谁，所以画妈妈。画了个很大的头，两个顶小顶小的脚。一边画一边想着："抱着小脚哭一场！"

王老师始终没管他，看着天花板盘算：牛大哥要能拿三千：倒天利的铺底，就说二千；上千十来块钱的货；收拾收拾门面；不够也差不离；小铺子不坏！书教不了，一天两天的，跟孩子捣乱还可以；整本大套的可干不来！看了天赐一眼，画小人呢！随他的便，爱画就画吧，自要不出声老实着就好。要是倒的话，得趁着八月节前；等钱用，可以贱点。节前倒过来，收拾收拾，报铺捐，等着批，九月初横是能开张了，正好上冬天的货。嗯，得给刘老九写封信，问问毛线的行市。他拿起管笔来，往砚台上倒了点水，把笔连连地抹，抹得砚上直起泡儿。然后，铺好了纸，拉了拉袖子。又在砚抹笔，连抹带摔，很有声势。左手按住了纸，嗽了一口；笔在拇指与中指之间转了几圈。下笔很重，中间细，收笔又重；一收笔，赶紧又在砚上抹；又写，字大而联贯，像一串儿小螃蟹。天赐看入了神。老师写字多么快呢！他不画小人了，也照老师的样儿写字，很快，比老师还快。老师写完一段，低声地念一遍；天赐画了一串黑东西，也哔哩哔哩地念着。

这还有点意思。

一直到八月节，天赐并没学出什么来，可是和王老师的感情不坏。人之初还是狗咬猪，又学会好些山东话，什么桌子腿儿（带嘟噜的），银儿，他说得满漂亮。对于王老师的举动，如好拉袖子，用大块手巾擦脑门，咳嗽时瞪眼睛等，他也都学会。写字还是一疙瘩一块，画小人可有些进步：满脸只有个嘴的是纪妈，只有眼睛的是王老师。可是一高兴也许把嘴画得很小，比如纪妈责备了他之后，他便把她的嘴画成一个黑豆似的："看你怎吃饭！"

八月节是头一次该送节礼，虽然才教了半个月，但这是个面子。牛太太不送！书才念了两页，净画小人儿，也不打学生，节礼不能送！王老师愿意干的话得另打主意。

"可是福官跟他很好。"牛老者给说情。

"不能由着孩子！"

十一　没有面子

没送节礼，王老师也没什么表示。这叫牛老太太很悲观：有些人是非指着脸子说不可，不懂什么暗示与斗心眼！她得明告诉老师：这个教法不行！她实在不愿这么办，可又无法。

王老师根本就没记着节礼这回事，他急的是牛老者的慢腾腾的劲儿。牛老者对他开铺子的计划完全赞同，也答应下给他出资本，可就是没准日子。他得耐心地等着，求人拿钱不能是件痛快事。他暂且和天赐敷衍吧，多会儿钱到手多会儿搬铺盖；着急，可是很坚决。牛老太太说什么，他和颜悦色地答应："对！得打！对！得多念！你老放心，牛太太，没错儿！"他知道他不能打天赐，他下不去手。他也知道这简直是个骗局，想起来就脸红，可是无法。钱是不易周转的，不能轻易撒手牛老者。

一直对付到年底，他和天赐成了很好的朋友。《三字经》走得很慢，可是天赐得到好多知识。王老师告诉了他许多事儿：山东有济南府，当锏卖马的秦琼秦二爷家住这里，还有贾家楼，群雄结拜。由这儿就扯到了《隋唐演义》，王老师出去买了一部石印的，以备参考。天赐最佩服李元霸，锤震四平山。此外，老师还说山东有泰山，有青岛，有烟台……都使天赐的想象充分活动开。山，海，烟台苹果……原来世界并不是四合房的院子，院里有两株海棠树！“烟台有多少苹果？”

“开花的时候，一二十里，一眼望不到边，就像地上堆起一夏天的白云！”

“！！！”天赐说不出话来了，他恨不能立刻飞到烟台，看看那一眼望不到边的苹果花。他并不想吃，是要看看那么些花！“比由门口到老黑的铺子还长？”

“长得多！都是花；到了七月，看那些果子吧，青的，半红的，像条花地毯似的，远看着。”

“多么好看！”

“还多么香呢！”

“怎么上山东呢？”

“坐火车。打这里呀，三等票，六块多钱，到济南府。离济南有二百里地就是泰山，泰山上，夏天还得穿棉袍子，凉快极了！”

“火车是怎回事？”天赐聚精会神地问。

可惜王老师的科学知识太不高明，他说不上来火车到底是怎回事。他只会形容："一串小铁屋子，屋子里有座儿；口闷一响，小铁屋子全你拉我，我拉你，一直跑下去。"

形容也好，反正比《三字经》有意思。

这半年就这么下去了，天赐没有学到什么，可是心中觉得宽了，他常想起那一眼望不到边，又美又香的苹果；还有那高入了云的泰山，和小屋子会跑的火车，还有锤震四平山……对于人情，他也领略了一些。他觉到王老师的可爱。老师已经给他买过两本《三字经》了。他沾上唾沫掀书，一掀把书角掀毛了，再掀，落下一块来。掀着掀着，书掉下好些去。老师给买来一本新的！天赐不过意了："这臭书，一掀就撕！"他实在是责备着自己。

"你要轻轻地一划，把书页的尖儿划起来，看，这么着，就撕不了了。"

果然，那样是轻俏而且有意思，第三本《三字经》的字一个也没弄残。偶尔要发疯而狂翻书页的时候，他会管束住自己，这本新书是老师给的："老师，我把那本旧的快翻一回吧？看我能掀得多么快！"于是废物利用，那两本旧的专为过瘾用，呲呲地掀得非常的快，也很满意。

那块竹板还在，可是他已不再怕它，有时候反倒问老师："老师，你怎老不用板子呢？"

"手心痒痒啊？"老师笑了，"不爱打人，我家里也有小孩！"老师不笑了，"三的跟你一边儿大。你几月生日？"

“过了八月节；那回不是老师放我一天学？”

“对了；三的是四月的，比你大。”

“他在哪儿呢？”

“在家里呢。”老师愣了半天才说，“做买卖真不容易呀！”

天赐不大明白这是什么意思，可是看得出老师有点不大欢喜，他不往下问了；赶紧磨墨写字，磨得天上地下全是墨。连耳朵后边都有一对黑点。

到了年底，王老师的地位再也维持不住了。牛老太太没说别的；“二十三祭灶，老师就请吧！”这也就很够了。二十二晚上，他和牛老者见了一面，牛老者背着太太借给他一千块钱。他没叫天赐知道，便搬了铺盖。临走他给了四虎子一块钱：“你花两三毛钱给天赐买个玩艺儿，剩下是你的；告诉你，伙计，天赐有聪明！”

知道王老师已经走了，天赐自言自语地在书房里转磨了半天。除了家里的人，王老师是他第一个朋友。这个朋友走了！他不爱念那臭书，他愿听王老师说山东青岛和烟台苹果。那些事他都记得真真的；可是王老师走了，他只能自己装作王老师，瞪着大眼睛，似笑不笑的，拉拉袖子，告诉天赐：“天赐，一眼望不到边，全是苹果！”天赐装得很像，可是往老师的椅子上一看，没了，什么也没有；仿佛在哪儿有点王老师的笑声和“银儿”，只是找不到！“你爱什么不是，偏不给你；你爱谁不是，偏走了！”他自言自语地说。

过了年，来了位新老师，也是老山东儿——四虎子管他叫作“倒霉的山东儿”。这位先生是真正教书的，已经在云城教过二十多年书，大家争都争不到手。云城人不知道米老师的简直很少。米老师的个子比王老师还高，大肚子，脑袋除了肉就是油，身上老有股气味。把他放在哪里，他也能活着，把什么样的孩子交给他，他也会给打闷过去。他没有老婆，似乎天生不爱女人，专会打孩子。

天赐听说新老师来到，他不像初上学那样害怕了。由王老师的友爱，他断定新老师也必是个朋友。他没有小朋友和他玩，只能希望在成人中找点恩爱。他很高兴地上学。可是一见了米老师，他的心凉了。米老师坐在那儿，压得椅子直响，一脸的浮油，出入气儿的声音很大，嘴一嚼一嚼地嘎唧着，真像个刚出水的鳄鱼。

“拿书来！”米老师的嘴咧开，又嘎唧了几下。

天赐颤着把书递过去。

“念到哪儿了？”

天赐翻了两页，用小指头指了指。

“背！”老师的嘴嘎唧上没完了，好像专等咬谁似的。

天赐背了几行，打了磕巴。

老师的大手把书一扫，扫到地上：“拿去念！再背不上来，十板子，听见没有？”说完，嘴嘎唧着，眼闭上，一动也不动，就那么一篓油似的坐着。

按照妈妈的规矩，天赐不能去拾那本《三字经》，这是种污辱；按着爸的办法，满可以扯着长脸去拾起来。天赐不知怎样好。可是他的确知道，他讨厌这个老师，这个老师不是朋友。看老师的眼是闭着，他想溜出去，找四虎子商议商议。他刚一挪脚，老师的眼睛开了："上哪儿？！"天赐本能地想跑。他已经糊涂了，只想躲开这个老东西。还没跑出两步，他的细胳臂被只胖手握住，往回一甩，他几乎摔倒。"念去！"老师的嘴嘎唧得很快，眼角露出点笑意。天赐决定反抗。他知道这个东西一定比妈妈厉害，但是不能再思索，他有时候不近情理地反抗妈妈，因为妈妈好管事，对这个上手就摔人的东西，他更不能够受。马上决定了，他走，看这个老东西怎样！他本想多一个朋友，谁知道世上有这样的老东西呢？他得反抗，这不是他的过错。他的嘴唇咬上了，翻着小眼珠看了看那堆肉。他慢慢地往前走；跑是没用的，他的腿不跟劲。老师以为他是来拾书，眼角的笑意更大了些。嗯，他还往前走！老师的胖腿横在门上。天赐用手去推，用胸口碰，纹丝不动。老师笑得非常得意，这是一种猫对老鼠的戏弄，使他心里舒服。天赐更讨厌他了，下口去咬。老师的笑脸当时变了，一手揪住天赐的领子，一手抄起板子来。天赐较上了劲，他一声不出，可是眼泪直落。

"来！把手伸出来！"

天赐咬着唇，耗了半天，"你敢！"这一声喊得非常的高，本想不哭出声来，可是没法不哭了。

牛老者在家呢，听见喊声跑了过来。

“米老师，孩子还小呢！”牛老者拉住了天赐。

四虎子也赶到了，把天赐抱了走。

牛太太也赶来，她责备牛老者不该这样护着孩子，牛老者看天赐那个样，决定和太太抵抗。这回他不能再听太太的话，他不能花钱雇个山东儿专来打孩子。他的态度不但使太太惊异，也使米老师动了气：“不干就是了！不打，能教出本事？教了二十多年的学，没受过这个！”

牛太太不能舍弃这样负责的先生，可是老头儿今天似乎吃了横人肉，他一句不饶。正在这么个当儿，四虎子和纪妈都在院里，由四虎子发言，拥护天赐：“看谁敢打？不揍折他的腿！”

在历史上，牛太太没经验过这样的革命。她虽尽力保持她的尊严，可是没法拦住大家的嘴。最没办法的是牛老者这次首先发难，她不能当着老师的面打丈夫几个嘴巴，不能。既然治不住丈夫，四虎子等自然就横行起来。连纪妈也向着天赐？这使她想起老刘妈来。纪妈并非一定向着天赐，不过看孩子受气便想起自己的孩子，而觉得孩子是该在活着时疼爱的，等孩子死了再疼就晚点了。牛老太太不便当着老师和男人们吵嘴，她找了纪妈去：“有你什么事？鸡一嘴，鸭一嘴的！做你的事去！”把纪妈喝到后院去，她自己也回了北屋。跟头是栽了，可是不能失了官仪；在北屋等着牛老东西。牛老者也很坚决，坐在书房里不动。米老师有经验，先生和东家不和是常有的事，可是以先生的地位而镇静着，东家也不会马上就把先生赶出去。他还一篓油似的安坐在那里，等着东家给道歉。牛老者没有道歉的意思，吸着“哈德门”一劲儿说：“要走就走！要走就走！打我的儿子，不行！”四虎子和天赐还在院里听着，四虎子直念叨：“咱们给他一镖！”米老师把二论典故、字汇等收拾起来：“好了，牛先生，咱们再见！看好了你的孩子，死了可别怨我！”牛老者的嘴笨，登时还不出话来。四虎子接了过去：“走吧，小心着点你的肚子，洒了油可别怨我！”

米老师走后，太太和老爷开了火。牛老者一声也没出，只在心中玩味着胜利的余威。太太声明不再管请先生了，“爱念书不念，爱怎闹怎闹！不管了，管不着！孩子大了没出息，别怨我，我算尽到了心。”

对于天赐，她拿出最客气的严厉：他叫妈便答应着；不叫，她连看也不看，眼睛会由他身上闪过去。她表示不再管他。这是件极难堪的事，但是没法不这样，她的善意没人领略，何必再操心呢？

牛老头儿心里也不好受，他真爱天赐，可是因为儿子而长期抵抗太太也不是办法。为平太太的气，他不大带天赐出去玩。于是天赐便成了四虎子的孩子。半年的工夫，没人再提请先生，他把那点《三字经》忘得一干二净，可是没忘了烟台苹果和米老师的嘎唧嘴。

十二　教育专家

天真是儿童的利器，希望是妈妈自己的“药片”。天赐的天真与妈妈的希望，渐次把家庭间的不和医治好了。妈妈到底还得关心孩子；撒手不管只能想到，事实上是做不到的。天赐还得上学；为闹脾气而耽误了孩子读书是种罪过。牛老太太厉害，可还不这么糊涂。

这次，决定去入学校，据调查的结果，云城最好的小学是师范附小。在这儿读书的小孩都是家里过得去的，没有牛太太所谓的野孩子，学费花用都比别处高。

天赐又穿上了小马褂。有爸送他去，他一点也没害怕，以为这不过是玩玩去。到了学校，爸把他交给了一位先生；看着爸往外走，他有点心慌，他没离开过大人。在家里，一切都有妈管着，现在剩了他自己，他不知怎么才好。也不敢哭，怕人家笑话——妈妈的种种“怕”老在他心里。及至看见那么多的小孩，他更慌了。他没想到过，一个地方能有这么多的孩子，这使他发怵。他不晓得怎样和他们亲近。诚然，他和老黑的孩子们在一块儿玩耍过，可是这里的孩子们不是那样。那些大点的差不多都穿着雪白的制服，有的是童子军，都恶意地笑他呢——小马褂！那些年纪小点的也都看着很精明，有的滚着铁环，有的拍着小球，神气都十足，说的话他也不大懂。这些孩子不像老黑家里的那么好玩，他们彼此也不甚和气：“给你告诉老师去！”“我要不给你告诉去才怪呢！”老在他们的嘴上。他们似乎都不会笑，而是挤着眼唧咕。那些大的有时候随便揪住两个小的碰一头，或是捏一下鼻子，而后唧咕着走去，小的等大的走远才喊：“给你告诉去！”小的呢，彼此也掏坏，有的用手指挖人家脚脖子一下，假如那位的袜子有个破口；有的把人家的帽子打在地上：“赔你一个，行不行？爸爸有的是钱！”而后童子军过来维持秩序，拉过一个来给个坡脚；被踢的嘟囔着：“还是他妈的童子军呢！”童子军持棍赶上来：“哎，口出恶言，给你回老师去！”他们吹哨，他们用脚尖跑，他们唧咕……天赐看着，觉得非常的孤寂。他想回家。那些新入学的，都和他差不多，一个个傻子似的，穿着新衣，怪委屈的。他们看着大孩子们买面包、瓦片、麻花等吃，他们袋里也都有铜子，可是不敢去买。一个八棱脑袋的孩子——已经念了三年书，可是今年还和新生们同级——过来招呼他们，愿意带他们买点心去，他们谁也不去，彼此看着，眼里含着点泪。

摇铃了，大孩子都跑去站队，天赐们愣着。有个很小的，看人家跑他也跑，裹在人群里，摔了一跤，哭成人阵。八棱脑袋的又来了，他是学识不足而经验有余，赶着他们去排班。先生也到了，告诉他们怎排，大家无论如何听不明白。先生是个三十来岁的矮子，扁脸，黑牙，一口山西话。他是很有名的教员，做过两本教育的书。除了对于新学生没有办法，他差不多是个完全的小学教师。天赐不喜欢他的扁脸。排了好大半天，始终没排好，他想了会儿，自己点了点头。他一个个地过去拉，拉到了地方就是一个脖儿拐："你在这儿涨着！"大家伙并不明白"涨着"的意思，可是脖儿拐起了作用，谁也不再动了。先生觉得这个办法比他的教育理论高多了，于是脖儿拐越打越响，而队伍排得很齐。再排一回，再排一回；有个小秃尿了裤子。天赐也憋着一泡，怕尿了裤子，于是排着队，撩着衣襟，尿开了。别人一看，也搂衣裳，先生见大事不好，整好队伍先上了厕所。先生的教育理论里并没有这一招儿，他专顾了讲堂里边的事，忘了学生也会排泄。

上了讲堂，天赐的身量不算矮，坐在中间。他觉得这小桌小椅很好玩，可是坐着太不舒服。先生告诉大家要坐正，大家听不明白，先生又没了办法，还得打脖儿拐。"绳子坐正！"拍！"绳子坐正！"拍！然后他上了讲台，往下一看，确是正了，他觉得有改正教育原理的必要。他开始训话，"买第一册国翁，公明，算数；听明白了没有？一仍做一绳白制服，不准疮小马褂；

听明白了没有？”他把“没有”说得非常的慢，眼珠还随着往一边斜，他觉得这非常像母亲的说话法，小孩子听了必定往心里去。“明白了没——有——”大家发愣。

磨烦到十点半钟，天赐一共挨了五六个脖儿拐，他觉得上学校也没什么意思。他也不敢反抗，因为别人都很老实地受着，这当然不是一个人的事，他不敢有什么表示。况且八棱脑袋的还告诉他：“今个都好，就是脖儿拐没有去年的响！”天赐的想象又活动开：山响的脖儿拐大概也很有意思。看见爸来接他，他觉得上学更有意思了：看见的事太多了，简直报告不过来。本来在家里只能跟四虎子瞎扯，而所扯的全是四虎子的经验。现在他自己有了经验，这使他觉到自己的尊严，连挨脖儿拐都算在内。

“爸，人家都买面包吃，晌午我也买吧？爸，有一小孩尿了裤子，我没有。爸，别穿小马褂了，人家都穿白的——白的——爸，有一小孩把人家的帽子打在地上。爸，老师说话，我不懂，八棱脑袋的也不是懂不懂；横是他懂，爸，还排队，啪，打我脑瓢一下，我也没哭。爸……”

爸有点跟不上趟了，只一个劲地“好！”“那就好！”拉着天赐，天赐不住地说，眼看着爸的脸，不觉地就到了家。

顾不得吃饭，先给四虎子说了一遍。然后给妈妈也照样说了一回。妈妈说都好，就是不穿小马褂没道理。

刚吃完饭，就张罗上学。他准知道学校里有许多可怕的人与事与脖儿拐，可是也有一些吸力，叫他怕而又愿去，他必得去看那些新事和他的小桌小椅。他必须亲手去买个面包吃！在家里永不会有这些事。

上过一个礼拜的课，天赐的财产很有可观了：白制服，洋袜子，黄书包，石板，石笔，毛笔，铅笔，小铜墨盒，五色的手工纸，橡皮……都是在学校贩卖部买的，价钱都比外边高着一倍，而且差不多都是东洋货。

牛老者对于东洋货没有什么可反对的，他抱怨这个价钱。并不是他稀罕这点钱，他以为学校里不应当做买卖；学校把买卖都做了，商人吃什么？牛老太太另有种见解：学校要是不赚钱，先生们都吃什么呢？孩子为念书而多花几个钱是该当的，这是官派。天赐不管大人的意见怎样，他很喜欢自己有这么些东西。最得意的是每天自己亲自拿铜子买点心吃，爱吃什么就买什么，差不多和妈妈有同样的权威。

在同学里，他不大得人心。在家里他一人玩惯了，跟这群孩子在一块，有的时候他不知怎样才好，有的时候他只看自己的玩法好，别人都不对。有时候他没一点主意，有时候他的主意很多。他没主意的时候，人家管他叫饭桶；他有主意的时候，人家不肯服从他。所以常常玩着玩着，人家就说了："没天赐玩了！"他拿出反抗妈妈的劲儿："我还不愿意玩呢！"于是他拧着手，呆呆地看着人家玩耍，越看越可气；或是找个清静没人的地方，自己用手工纸乱折一回，嘴里叨唠着。还有个大家看不起他的原因，他的腿慢。连正式做游戏的时候，先生也循着大家的请求：

“我们这队不要天赐，他跑不动！”两队分好，竞赛传球或是递旗，天赐在一旁待着。有时候他不答应：“我能跑！我能跑！”结果，他努力太过而自己绊倒。慢慢地他承认了自己的软弱。看着大家——连先生！——给得胜的英雄们鼓掌，他的薄嘴唇咬得很紧。他不能回家对四虎子说这个，四虎子老以为他是英雄，敢情在学校里不能和人家一块儿游戏！他只能心里闷着，一个人在墙根立着，听着大家嚷闹，没他的事。

他得学爸爸的办法：“也好吧，他妈的！”自然他会用想象自慰，而且附带着反抗看不起他的人：“你等着，有一天我会生出一对翅膀，满天去飞，你们谁也不会！”

可是在翅膀生出以前，他被人轻视。

有的时候，人家故意利用他的弱点戏弄他，如抢走他的帽子或书包：“嗐！你追来呀，追上我就给你！”他心里的腿使劲，可是身子不动：“不要了，再买一个！”人家把他的东西放在地上，他得去拾起。因此，他慢慢地有点爱妈妈了。妈妈的专制是要讲一片道理的，这群小孩是强暴而完全不讲理。气得他有时非和妈妈讲论一番不可：“可以把人家的帽子抢走，扔在地上吗？妈？”妈妈自然是不赞同：“坏孩子才那样呢！”他心中痛快了一些，逐渐地他学着妈妈的办法判断别人：“这小子，没规矩！”到他自己做了错事，他才马马虎虎。因此，他的嘴很强，越叨唠话越层出不穷。他能把故事讲得很好。

因为讲故事，他得到几个朋友——都是不好动的孩子，有的是身上有病，有的是吃多了动不得。他们爱和他玩，听他瞎扯。他因为孤寂惯了，很会无中生有地找些安慰，所以他会把一个故事拆成俩，或两个拼成一个，他们听得很高兴。在这种时节，他恢复了他的尊严，能命令着他们，调动他们："你别说话！""你坐在这儿！""咱们先点果子名玩，然后我说黄天霸。"大家只好点果子名玩，要不然他不给说故事。他觉得他有点像妈妈了，大家都得听他的。

先生也不很喜欢他，因为他自己的主意太多。爱听的，他便极留心听，他能回讲得极好，如司马光击瓮救小孩，如文彦博灌水取球，如两个青蛙对话。他不爱听的，完全马马虎虎，问他什么他不知道什么。先生教算数，他在石板上画小人；他不爱算数。先生不爱这路孩子，先生愿意学生老爱听他讲，不论讲什么。先生不愿意孩子们大声地笑，除非在操场上。天赐既不能参加游戏，人家越笑他越委屈，所以他有时候在讲堂上笑起来，比如他忽然想起一件可笑的事。他一笑，招得大家唧咕起来——在教室里至多只能唧咕，老师就永远不大笑而唧咕——于是秩序大乱，而天赐被罚，面壁十分钟。他越来越讨厌老师的扁脸，而老师也似乎越来越不爱他的扁脑袋。老师要是有意和孩子过不去还是真气得慌，有时候他被天赐气得吃不下去饭。可是天赐不是有心气老师，他以为老师应当多说些故事，少上点算数，而且脸别那么扁。

这孩子对什么都有个主张；你越不顺着他，他就越坚决。

只有罚站的时候，他没了主张。大家都坐着，只有他独自向壁，这不大好受。在这个工夫，他马马虎虎了，拉倒吧，就站站会儿去，向墙角吐吐舌头。

这种学校生活叫他越来越“皮”。他得不到别人的善遇，于是他对人也不甚讲交情。他会扯谎，他会在相当的时机报仇，他会马马虎虎假装喊着国文，而心里想着别的事。他也学会了唧咕，用舌头顶住腮，用眼睛笑。

只有和四虎子在一块，他还很真诚，把国文上的故事说给四虎子听，说得有声有色，而且附带着表演：“你等等，我给你比方比方。”把击瓮救小孩的故事说到半截，他跑了。一会儿又回来了，袋里装着一块小砖，手里拿着个玻璃杯，杯里满盛着水。把一个粉笔头放在水内：“这是小孩，噗咚，掉在水里，喊哪，救人哪——喝，我听见了，我就是司马光。来了，不要紧；看着！”掏出砖头，拍！杯碎了，把粉笔头救了出来。“明白了没有？”

“玻璃杯可是碎了呢？”四虎子说。

“哟！”

商议了半天，还是得跟爸要钱赔上一个杯子。

“可是比方得真好！”四虎子诚心地欣赏这个表演，“这件事也体面！”

“哼！老师不叫我细说！我一说噗咚，他就问，书上哪有噗咚？臭老师！”天赐出了口恶气。

十三　领文凭去

到了三年级，天赐上学的火劲不那么旺了。上也好，不上也好，他学会了告假。有点头疼，或下点雨，算了，不去了。在家一天也另有种滋味。

所以使他松懈的原因是学校里的一切都没有准稿子，今天这样，明天那样，他的心力没法集中，所以越来越马虎。这个学校是试验的，什么都是试验。以主任说，一年就不定换上几个，每一个主任到职任事总有个新办法，昨天先生说上课时要排好，今天新主任来了说上课要赶快跑进去。这个主任注重手工，那个主任注重音乐，还有位主任对大家训话说，什么都是那回事，瞎混吧。有时候试行复式制，两三班在一块，谁也不知干什么好。有时候试验分组法，按着天资分组，可是刚分好组又不算了。主任的政策不同，先生们的教法也不一样。一年换一位先生是照例的事，而一年换三四位先生也常有。一位先生一个脾气，一个办法，有的说书包得挂在身旁，有的叫把它背在身后。天赐有一回把书包顶在头上也并没有人管。书也常换，念书的调子也常改。都是试验。先生与学生的感情也不一样，这位先生爱这几个小孩，过了两天，那位先生爱那几个小孩，好坏并没有什么标准。先生的本领也不一样，而一样地发威，有的先生天生的哑嗓而教音乐，他唱得比压着脖子的虾蟆还难听，可是不准学生笑。有的肥得像猪而教游戏，还嫌学生跑得不快，他自己可始终不动。有的一脖子黑泥给学生讲清洁，有的一天发困给学生讲业精于勤。

天赐不知道怎样才好，于是只好马马虎虎。每逢到了暑假前就更热闹了，一大批师范生来实习，一点钟换一位先生。大家哪里还顾得念书，专等给先生们起外号了。实习生有的由老远就瞪着眼来了，到了讲台上，没等学生坐好，就高声喊起来，连教育原理带心理学全给学生说了，直说一点钟。有的一上台就哆嗦，好像吃了烟袋油子的壁虎，一句一个“鄙人”。大家不敢笑，级任先生在一旁看着呢。等大家实习完了，学生也明白先生们才二五眼呢。

还有呢，哪位先生都要学生尊敬，可是先生们自己彼此对骂：张先生在课室上告诉学生，李先生缺德；李先生说张先生苟事。等到先生们有运动做主任的时候，那就特别地热闹：学生们得照着先生编好的标语写在纸条上，学生得回家告诉家长拥护王先生或是赵先生。一年说不定有这么几回，每回学生都无须上课一两个星期。学生们也不晓得到底谁好谁坏。一切都在忙乱复杂中，谁也摸不清是怎回事。只有一件事是固定的，就是学生用费越来越高，而学生也越来越多。“费”的名目很多：园艺费，游戏费，旅行费，演讲会费，手工费……费越高学生越多。云城是个买卖城，赚几个钱的商人都想把儿子造就起来，由商而官以便增光耀祖；花钱多的学校必是好学校，所以都争着上这里来。学校呢，得表现成绩以增高信用。除了先生们捣乱，就是开会，开会就又收费。运动会，恳亲会，游艺会，毕业会，展览会，每年必照例地举行。他们的会确是比别处的好，制服齐，学生脸上有肉，花样离奇。这是学生家里老太太小媳妇来玩一天的好机会，她们非常佩服那些先生，特别是自己的小孩参加一项或两项运动或游艺——那点“费”没白花！小六儿会表演“公鸡打鸣”，二狗子居然用三个指头行礼，当童子军！开会前后，没人再看课程表，画图的一天画图，做手工的一天做手工，一个好手儿给大家画，老师做的也写上学生名字，作文是改好了再抄，谁的字好谁抄。天赐没事。运动没他，他的腿不跟劲。游艺没他，他的脸不体面。他会说故事，可是一到台上他就发慌，他不会像别人那样装腔作势。什么也没他，他只和一些“无业游民”随便打转，或在课室温课，赶到回到家中，他给四虎子表演，很能叫好，可是在学校里他没有地位。他慢慢习惯下来，也就满不在意了。他的鼻子卷着，轻视一切，正像个学油子：凡事不大关心，也不往前抢，他混。

学校里的会不能不开，学校外的不能不去。提倡国货，提倡国术，提倡国医，提倡国语，都得是小学生提倡。他们提灯，他们跑路，他们喊口号，他们打旗，他们不知道是怎回事。天赐不喜欢参加这些个会，因为他的腿受不了。可是他必得去。人家那长得体面的，或手工图画好的，可以不去；老师们对运动会游艺会等的台柱子特别加意保护；学校外的会是天赐们的事，不去就开除的。他不明白为什么他必得去，去挨挤受冷受热和跑腿。他愿意安安静静地说个或听个故事，可是他必得上那人喊马叫的地方去挤，把灯笼挤碎，纸旗刮飞，嗓子喊干，算是完事。这些会比学校里的还难堪：学校开会，他可以逍遥无事，到图书馆中尽兴地看图画故事，叫他的心里丰富。学校外的会，除了跑酸了腿与跑成土猴，别无作用。

在这种忙乱纷扰中，他平日所要反抗的那些妈妈规矩倒变成可爱的了。他自幼就不爱洗脸，可是经过这么长久的训练他不喜欢自己变成土猴。他嫌妈妈禁止他高声说笑，可是在街上呐喊使他更厌恶。他不愿在家里受拘束，在街上的纷乱中叫他爱秩序。家庭的拘束使他寂苦，街市上聚会的叫嚣也使他茫然。他不知怎样好，他只觉得寂寞，还得马马虎虎，只有马马虎虎能对付着过去一天。他不再想刨根问底地追问，该去的就去，提灯就提灯，打旗就打旗，全都无所谓。

对于同学们，他也是这样，爱玩就玩，不玩就拉倒。有欺侮他的，他要找个机会报复；不能报复的，他会想出许多不能实行的报复计划。他们专爱叫他：拐子腿，扁脑勺！他也去细找他们的特点，拿扇风耳，歪鼻子等做抵抗；不易找到的时候，他只好应用，“拐子腿是你爸爸！”他们今天给你一张手工纸，明天就和你讨要，或是昨天托你给保存着一张小画，而今天说你抢人家的东西。他明白了界限，谁的东西是谁的；不要动别人的，也不许别人动自己的。可是把别人的东西弄坏一点，假如没有多大危险，如给帽子上扔把土，或把书摔在地上，是可以做的。大家都以弄脏别人的东西为荣，谁的爸爸更阔，谁便更敢这么做：“赔你！赔你！”是他们最得意的口号。那些大学生更了不得，腕上有手表，脚上穿着皮鞋，胸前挂着水笔，他们非常地轻看教员，而教员也不敢惹他们。天赐没有这些东西，妈妈不准小孩子这样奢侈。他很羡慕他们，再也看不起砖头瓦块什么的，这使四虎子很伤心。四虎子一辈子没有想到手表有什么用处，而天赐常和他抱怨：“人家都阔阔的，手上有表！”

况且那些有表的学生可以随便上先生们屋里去，随便和先生们说笑，而天赐永没有和先生们说过亲密的话，先生也不拉他的手，也不拍他的脑袋。自然他也会不稀罕这些，可是鼻子终归得卷起很高才能保持自己的尊严。

羡妒和轻视是天然的一对儿。他忌恨人家有手表，同时他看不起老黑的孩子们了。他渴望与他们玩玩，可是机会到了，他又不能跟他们在一块了。原先，他爱他们的自由，赤足，与油黑的脊背；现在，他以为他们是野，脏，没意思。他们身上有味，鼻垢抹成蝴蝶，会骂人；而他是附属小学的学生。他不再珍贵他们那些野经验。他知道的事，他们不知道。他们去捉蜻蜓，掏蟋蟀；他会拿钱买蜻蜓与蟋蟀。钱花得多，就买到更大更能咬的蟋蟀。他的同学谁没有几个蟋蟀罐儿，谁稀罕自己捉来的“老米嘴”与“梆儿头”？他不能再和他们在一块儿跑，他穿着雪白制服，他们光着腿，万一被同学看见呢？万一被先生看见呢？他们还捉苍蝇玩呢！先生不是说过，苍蝇能传染病？他们捉到小猫小狗，说不定就给剥了皮；先生不是说，得爱惜动物么？他心里真愿意弄死个小动物，可是他得装出慈善，他是学生！他什么也不真知道，可是他有不少的道理：由先生与同学得来的。这些道理是绝对没错的。由家里带一块点心到学校去吃是“寒碜”。在学校里买才是真理。看着老黑的孩子们啃老玉米，他硬咽唾沫，也不肯接过来吃，他们不懂卫生！在学校里，比上那些有手表的，他渺小得很，比上老黑的儿女们，他觉出他是了不得的。

到了快毕业，他更觉得不凡。八棱脑袋的，据说，还得留级；别人都可以毕业，得文凭。天赐知道毕业不是什么难事，他准明白：这四年就那么晃晃悠悠地过去了，他并没有什么出奇的地方。可是比起八棱脑袋的来，他觉得到底他是心中有点玩意儿；八棱脑袋的算数才得了五分！老师说了：八棱脑袋的设若得十分，就也准他毕业，他偏偏弄了个五分。天赐得了四十五分呢！况且国文是七十五分！豆细工，他拾了别人不要的一个，也得了六十分！他一定可以毕业。

连妈妈都尊敬他了，快毕业的学生！他得要一双皮鞋，一管带卡子的铁杆铅笔，一转就出铅，一盒十二色！妈妈都答应了。妈妈得去看毕业会；爸也得去！叫爸穿上绸子大褂。

“爸毕过业吗？”他问妈妈。

妈妈不能不说实话：“爸没有上过学校。”

天赐有点看不起爸了：“爸的国文没得过分数！”他点头咂嘴的，带着小学毕业生——特别是云城的——那种贫样。

他就是不敢惹四虎子。一来因为他俩平日的感情，二来因为四虎子拿着他的短处。

“咱哥俩问你，”他还用着几年前的言语，“上海在哪儿？”

“上海？离天津不远！”

“你不知道，结了，完了！”

“不知道又怎样呢？”四虎子反攻。

“等我拿国文去。”天赐转了弯。

“没人爱看你的臭国文！我问你，下雨的时候，谁把你背回来？说！”

“咱哥俩呀！”天赐折溜子，知道下大雨要没人背着是危险的。

“结了，完了，”四虎子故意地学着敌人的用语，“少跟我耍刺儿；不高兴，背着背着一撒手，扔在河里喂了王八，我才不管什么毕业不毕业！上海在哪儿喽，瞎扯臊！”

“那反正，反正，结了！”天赐窝了回去。

“别长刁气，蒜大的孩子！”

“你才是蒜，独头蒜，蒜苗！”

“去，一边去，不用理我！”

“偏理你！”天赐过去抓四虎子的痒痒肉，四虎子也不笑。天赐没脸，可是知道四虎子没真生气，也心中承认自己是有点装蒜。他从此不再对四虎子施展学问，表示身份。他得真诚地拿四虎子当作朋友。四虎子晓得他的一切。

真毕业了。开毕业会这天，天赐极兴奋。穿上了新皮鞋，胸袋上卡住了一转就出铅的笔。走路很用力，为是增高皮鞋的响声；可惜拐子脚，两脚尖常往一块碰，把鞋尖的皮子碰毛了两小块。一边催妈，一边催爸，去看会。他没觉到学校给了他什么，可是他今天特别地爱学校，学校今天给他文凭——连爸都没得过！四虎子在门口又向他吐了吐舌头。

同班的学友也都打扮得很整齐，差不多都穿着皮鞋，彼此听着皮底子的响声。八棱脑袋的虽然又留级，也穿上皮鞋，看别人毕业仿佛是他的最大快乐。级长——一个小白胖子——拿着张纸，看看，嘴里咕唧咕唧，又看看，又仰头咕唧，脸上一红一白的；他预备“答词”呢。天赐领着妈爸去看成绩。爸看见他的作文——七十五分。

“写得还可以？”妈低声地问。

“不错。”爸心里计算着，“七十五分，七钱五，差不多就是一两：比一块现洋还重点呢！”

天赐没敢指出他的豆细工来，虽然也得了六十分，可是不是他自己做的，他觉着有点亏心。他找算数卷子，没有找到，大概六十分以下的都没陈列出来，他很感谢先生们。学友们也都领着家长看成绩。家长们摇着扇子，慢慢地看，“还好！”点点头；卷子拿倒了，学生忙过去矫正。态度也非常自在，指指这，看看那，偷着往嘴里送个糖豆，顶在腮部，等泡湿了再嚼，以免出声。

开会了。毕业生坐在前面，家长在后边。台上是商会会长，师范校长，和其他的重要人物。先生们坐在台下左右，倒好像学生是商会会长教出来的。

国歌校歌都唱得很齐，还向国旗鞠躬。牛老者本来把草帽已摘下来，见别人戴着帽鞠躬，他又赶紧戴上了。老太太们还没立利落，人家已经鞠完了躬，只好再坐下。抱着小孩的根本立不起来，孩子被前边的人影壁挡住，什么也看不见了，急得哭起来。好几位邻居的老太太帮着劝慰，才住了声。再看台上，附小主任报告呢。主任穿着洋服，说一句话向上翻一下眼，报告了有四十分钟，大意是这些毕业生都是将来国家的栋梁；可是毕业只是学程上的一段落，学问是无穷的……他坐下，师范校长立起来。他说话声音很细小，好似不大耐烦和小学生们说话。可是也说了三十分钟：学业是永不休止，毕业不过是一段落……该商会会长了。鼓掌特别地激烈。会长说着惊人的四书句儿与国文上的名词：“学然后知不足，不论是银行的经理，还是古圣先贤，都是这样的。不论在水陆码头，还是商埠，也是这样的。活到老，学到老。诸位是将来的知县，将来的经理，可是得知道，学然后知不足。学是如此，个人的财产也是如此，有一万的可以赚五千；有一万五的赚八千；凑到一块就是两万多！”台下鼓掌如雷，连小孩子们都精神起来，会长趁着机会转了弯，“礼义廉耻，国之四维！凡事要拿圣贤的道理作准，圣人的道理就好比商会定的规矩！……”他一共说了四十多分钟。

天赐听着，吃着糖豆。屋里的空气越来越闷，他的眼慢慢地闭上了，牙自动地嚼着糖豆。商会会长下面还有五六位演说的，他都没听见。忽然听见一声：“牛天赐！”肋部挨了一肘，他醒过来：“我没吃糖豆！”

“拿文凭去！”

十四　桃园结义

天赐入了高小。只隔了一个暑假，他的地位可是高多了。他可以不大管理初小那些小鬼了，学校里的一切，他都熟习。他和有手表的们是肩膀一边儿齐了。老师虽是熟人，可是一上课就说给他们——现在是大学生了，不要再叫先生张心[1]，大家须知自重。听了这番话，天赐细看自己，确是身量高了，而且穿着皮鞋！他得知道自重。又赶上这位老师对大家都很好，谁有什么长处他都看得出，他说天赐有思想。这使天赐的脸红起来，脚也发飘。他决定好好地用功。回讲的时候，他充分地运用着想象与种种名词，虽然不都正确与有用，可是连老师带同学都承认了他的口才与思想。他常到图书馆去借小故事书，他成了全班中的故事

1　张心：劳神

大王，于是也就交下几位朋友。

这些朋友可是真朋友了，吃喝不分，彼此可以到家中去，而且是照着“桃园三结义”的图拜过盟兄弟的。一共是五个人，天赐是老三。他很喜欢被叫作“老三”，想象着自己是张飞。大哥的爸爸是在县衙门里做官。天赐去给大哥请安，看到了官宦人家的派头并不和妈妈所形容的一样。大哥的家中非常的脏，乱；使他想不出怎么大哥的制服能老那么白。大哥的妈一天到晚吸着香烟，打着小牌，瓜子皮儿盖满了地。天赐不喜欢脏乱，可是也不敢否认这种生活的正当，因为大哥的妈到底是官儿太太，而大哥自己将来也会做官的。不论怎么说吧，盟兄弟们来往得很亲密，彼此也说着家事。大哥的爸仗着“活钱”进得多，所以妈妈有钱打牌。二哥的爸是当铺的掌柜，所以二哥的身上老有樟脑味儿。天赐也得告诉人家。他开始和妈打听：爸有几个买卖，多少所房子，多少钱。他把妈妈说的都加上一倍：爸有十来个铺子，十来所房子，钱是数不过来的；他想象着曾和爸数过一天一夜的钱，连四虎子也帮着，都没数过来！他也就这样地告诉了他们，虽然觉得有点不诚实，可是怪舒服。他把兄弟们“唬”住了。他们自然也不落后，他的爸越阔，他们的爸也越了不得。大哥的爸甚至于一夜赢了一千多块！这时候大家的想象都在钱上，而且要实际表现出来，大哥今天请大家吃糖；明天，二哥争先地应许大家，他请吃瓦片，每人五块！

可是，不到两个月的工夫，大家都觉得这有点讨厌了。大哥也不怎么看着二哥很不顺眼。恰巧这个时候，二哥告诉四弟：“你可别说呀！昨个，大哥的妈上我们铺子当了一个表，而且并不是好表！你可别说呀！”四弟本想别说，可是心中痒痒，于是告诉了大哥。大哥和二哥开了打，把以前彼此请客的互惠都翻腾出来：“谁他妈的吃了人家口香糖？”“对！也不是谁他妈的要人家的手工纸！”

天赐看不过眼去，想为两位盟兄说和，可是二位兄长都看他更讨厌：“你是干什么的？拐子腿！”

于是兄弟五人都“吹”了，手心上一口气，他妈的“吹！”“吹？那是！彼此谁再理谁是孙子！”

兄弟五人吹过，开始合纵连横另组织联盟，以便互相抵制。先生们也有在暗中操纵的，使某某几个人联合，以先生为盟主。家长们听说儿子与谁吹了，又与谁合了，也愿参加意见：“不用跟沈定好，他家卖米，咱们也卖米，世仇！听见没有？”天赐在这种竞争里，充分地运动着想象：和谁合起来，足以打倒谁。他按照着“木羊阵”等的布阵法设下毒计，怎用翻板暗箭，哪里该设下消息埋伏，又怎样夜走荒郊，探听消息。他想到的比做到的多，可是他自己觉着做了不少；有时候想到便是做到了。他想到去探听谁和谁又有新的结合，他心里便做成一个报告：他和他在操场埋下炸弹，或是他请了他摆下天门大阵。这使他自己很恐慌，也有头有尾地告诉别人，于是班中的空气时时紧张起来，而先生骂他“瞎扯！”他也学会怎样估量人的价值：班上有几个永不得志的人，屈死鬼似的永远随着人家屁股后头；他们没有什么可说，说了也没人听。他们永远当“下手”，因为他们的爸爸不高明。谁的爸爸钱少，谁就得往后站。天赐的想象中永远不为他们摆阵设埋伏。

可是，不久他又变了主张。他开始自己读《施公案》，不专由四虎子那里听了。他学会了“锄霸安良，行侠作义”。这更足以使他的想象活动。一个人自己有钱，偏要帮助那穷苦的，这是善心。善心可远不如武艺的更有趣味：一把刀，甩头一子，飞毛腿！一个人有这等本领，随便把自己认为是坏人的杀了，用血在墙上题诗！他觉得班友的合纵连横没意思了；杀几个，或至少削下几个鼻子来，才有价值。但是，他没多大希望，他的腿成不了飞毛腿！纪妈已经封就了他：“你呀，属啄木鸟的，嘴强身子弱！”学校里有武术，他只能摆摆太极，两手乱画圈儿；打个飞脚，劈个叉，没他。武术先生说了：曾经保过镖，一把单刀，走南闯北，和“南霸天”比过武。“南霸天”一刀剁来，他一闪身，飞起左脚把刀踢飞！武术先生的确可以行侠作义，看那两条腿！天赐只能在想象中自慰，他想用软功夫，用太极行侠作义：见了恶霸，一刀剁来，他右手一画圈，腿往后坐，刀落了空，而后腿往前躬，依着恶霸的力量用力，一声不响把他挤在墙角，动不了身。是的，太极也行，自己的腿不快，软倒还软！他想好不少套招数，而且颇想试试。顶好是拿八棱脑袋的试手，八棱脑袋的天生地没劲。他右手一画圈，八棱脑袋的给他左脸一个嘴巴。天赐假装笑着，还往后坐腿："你打着了我不是？我是没防备，我这儿练往下坐腿呢！你坐坐试试，能坐这么矮？"八棱脑袋的果然坐不了那么矮，可是天赐脸上直发烧。完了，太极也不中用，他只能在嘴皮子上行侠作义了。他很爱念念小说，甚至结结巴巴的，连蒙带唬的，念《三国志演义》。四虎子不能再给他说，他反倒给四虎子说了。最得意的是妈妈有时候高兴，叫他给念一两段《二度梅》。他的嗓音很尖，用着全身的力量念，有不认识的字也没关系，他会极快地想怎合适怎念。念得满头是汗，妈妈给他一个果子："明儿再念吧，天赐。"

年假后开学，天赐读小说的机会更多了。来了两个插班生，其中有一个就是昔年曾与他玩过而被妈妈拉走的那个小秃，现在是叫陆本善。他们是亲戚。学友因合纵连横的关系，彼此侦探家中的情形，而这位亲戚便依着他妈妈的心意把天赐叫作"私孩子"。这三个神秘而又卑贱的字使大家心跳，都用另一种眼神细细重新审定天赐："拐子腿，私孩子是拐子腿的！或者扁脑勺是私孩子的记号？""私孩子"在大家的嘴唇上嘶嘶地磨着，眼睛都溜着天赐，没有人再和他亲近，没有人再约他到家中去玩，没有人再听他的故事。学校，对于天赐，成了一个绝大的冰窖。他们远远地看着他，嘀咕，窃笑。继而看他并不咬人，他们大着胆子挨近他来，碰他一下，赶紧又走开："哟，私孩子身上也有肉，我的乖乖！"他们碰他，挤他，绊他的腿，瞪他，向他吐舌头。天赐恍惚地想起先前自己在家里捏棉花的情形，没有人跟他玩。

不过，那时候没有人讥诮他，现在一天看着别人挤眼。他可以忍受孤寂，但是受不了嘲弄。他不晓得到底什么是私孩子。有时候逼急了，他想用武力解决，可是他干不过他们。他的泪常在眼圈里转。

“妈！妈！他们叫我私孩子！”他想妈妈必能给他出气。

可是妈妈没有什么表示，只极冷静地说：“甭理他们！”

他向四虎子要主意，四虎子主张：“跟他们干，我帮助你，单个地钓出城去，揍！”

天赐很满意这个办法，可是事实上做不到。“我告两天假吧？”他提议。

“你一告假，他们就更欺侮你，”四虎子说，“去，天天上学，看他们把你怎样了？太爷不含糊！”

天赐确是有点怕他们了，可是四虎子壮起他的气来，他会消极地抵抗，自幼他就会。他拿准了时间，约摸着快上堂了，他才到。上课的时候他低着头听讲，下课后他独自嚼点什么，仰脸看天。图书馆是他的避难所，要不然就回家来。他就不想交朋友了。念小说，温功课，他觉得出自己的功课有了进步，虽然心里很堵得慌。他会想象，独自个会在心中制造出热闹的世界来。他的心比身强。

只有礼拜天是快活的。爸和妈大概有了什么协定，爸每到礼拜总张罗带他出去玩，而妈并不拦阻。在爸的左右，他忘了想象与计算，爸对什么都马马虎虎。他们爷儿俩在城外，或在戏园，会无忧无虑地发笑。可是赶到在回家的路上，天赐心中的黑影又回来了，他愿和爸谈心。爸在这种时节，能给他一些无心说而有心听的刺激。“管他们呢，”爸会说，“管他们呢！一个人只要成了事，连狗都向你摆尾巴。我一辈子马马虎虎，也有好处。你说是不是？”这会儿爸变成极体面而有智慧的人。天赐又想象了：一旦自己成了大事，别人，哼，对我递嘻和[1]，我也不答理！他试着把自己比作赵子龙，秦琼，和黄天霸。不，他得是张良，或是朱光祖。他还得上学去，故意地气他们。谁也不理。他匀出点心钱，买了把用洋火当子弹的小手枪。手枪在袋里，手按着枪柄，看谁不顺眼，心里就向他瞄准，而口中低声的：訇！又死了一个！

到了暑假，他考得很好。翻着小眼，他看着同学们。他们的嘴撇得更大了。他们不甘心在私孩子的后面，老师设若愿意干的话，得把天赐降到十名以外；不然的话，他们就退学。他们见了主任。主任嘱咐先生把天赐降到第十五名，原来他本是第四名。胜利是他们的；主任觉得这样办非常地公道，一个被大家看不上的学生当然不能列在前几名的。老师可是同情于天赐，但是他没办法，他不能得罪别的学生；附小向来有这个规矩——榜示的名次是可以随意编排的。

天赐哭了。他决定不再上这个学校来。可是妈妈不答应：

---

1 递嘻和：向人赔笑脸，有道歉之意。

“偏去！偏去！看他们把你怎样的了！你要是不去，那可就栽到了底！咱们还怕他们？你等着，我找主任去，我不把他的学校拆平了！”牛老太太是说得出行得出的。她可以去找商会会长，她在县衙门也有人，她连师范校长都能设法打通。她不能受这个！

天赐见妈妈急了，他反倒软下来。他取了爸的态度。他不愿妈去捣乱；想象使他热烈，也有时使他惧怕，他想象到妈妈打主任几个嘴巴！他还上学就是了；好在隔着一个暑假呢。

暑假里没有同学来找他。他又想起老黑的孩子们来。到底是这些孩子可爱，他们不笑话谁，不挑拨事，他们只知道玩耍。他找了他们去。他们——一共五个，最大的是个姑娘，有十四岁了——同他出城去玩，一天有事情做，没有工夫瞎扯与冒坏。他特别爱这个黑姑娘。她有顶黑的眼珠，黄黄的头发。她现在已不赤背，可是到城外还扒下袜子。那四个男孩完全受她的指挥，他们管她叫“蜜蜂”。

云城的北门外有一道小河，河身不深，水很清，水草随着水溜流着绿叶。河心还浮着金与银的小睡莲，圆叶像碧玉的碟儿。两岸都是杨柳，长条与蝉声织成一片绿的音乐。河边上有小鱼，短苇里藏着小水鸟，风里有各色的蜻蜓。河岸左右都是田地。“蜜蜂”领着他们在河岸上玩，不用带着玩具，动物植物都供给他们一些玩的材料。他们知道什么苍蝇最好钓什么样的蛙，什么树上有长犄角的“花牛”，什么样的蜻蜓是最好的“招子”。天赐跟着他们，忘了学校里的一切，他非常快乐。他也不嫌他们脏了，他们并不脏，至少是他们的脚，一天不知在水里浸多少次。他们会用裤子做成水骆驼，在河里骑着。那凉凉的水，柳树下的不很热的花树影；脚在水里，花树影在脊背上，使他痛快得大声地喊叫。他们也喊。于是他与“蜜蜂”各领一军作水战。他的想象与设计，使“蜜蜂”佩服他的战略，他也佩服她的勇敢。

他舍不得离开他们，他们也拉着他不放，非到他们家去吃饭不可。他去了。老黑没有理会他，直到快吃完了，才问“蜜蜂”，怎么多了一个孩儿？哎呀，原来是福官来了！你看大家这个笑！

十五　天罗地网

第二学年的开始，天赐不打算再上学。妈妈有点犯喘，说是被他气的。他不敢再别扭，他不肯把妈妈气病了。入学之后，大家对他不像先前那么坏了，因为大家的注意已移到一两个新学生的身上。有一个新学生的姐姐，据说，叫作“大美人”。师范和中学的学生在课后常往那条街上跑，去看“大美人”。他们管“大美人”的弟弟叫作“二美人”。二美人长得很俊秀，头发被油沤得像洋瓷盆那么亮。他很老实。大家摸他的脸蛋，抹他头上的油而深呼吸地闻着，抢他的手绢。他不反抗，只在教员休息室门口立着，好避免大家的进攻。天赐讨厌他们的这种行动，可是敢怒而不敢发作。他知道，设若公开地护着二美人，大家一定会把他和二美人放在一类。他心中很难过，可是为自己的利益他不敢主持公道。再动同情心的时候，他得马马虎虎，他得冷静。在作文的时候，他有次把他的愤怒发泄出来一些——他的文字只能说出心中所要说的十分之一。可是先生给他批上：“不平之鸣非小学生所宜发；和平实养天机。”先生对于大家欺侮二美人也不管不问，似乎那是该当的。这个，使天赐又想起来行侠作义，他真希望半夜里取下他们的人头，而后留下一张小纸，印着一朵梅花。他花了十个铜子刻了一个小木头戳子——一朵梅。

学校又起了风潮。主任被撤职，教员们拒绝新主任。旧主任本来和学生们没有多少接触，更提不到彼此有什么感情。可是经先生们在教室里一演说，学生们全动了心，甚至于落了泪。先生们说：主任家里有十个买卖，家里的人有五六个做官的，他本人原来就不爱干这个穷事，可是他为教育，为学生而牺牲，放着知县都不做，而来做主任。这样的人不应当拥护么？再看新主任吧，一个穷光蛋，父亲是个木匠，木匠！

没有说完，大家已经决定了，附小绝对不能要木匠的儿子来做主任！谁的爸爸也比木匠高，甚至于二美人的爸爸也比木匠高。云城里，木匠是没有地位的。拥护主任，主任要是走了，太阳就没法再出来了。学生家长一律气炸了肺，什么？木匠的儿子？太好了，再等两天，打扫茅厕的还做主任呢！绝对不行！

课不上了，标语写了两刀多纸：誓死反对小木匠；拥护革命的主任……课虽不上，大家可是都得上学。全体童子军一律拿木棍当纠察。有不来的便是走狗；打倒小木匠的走狗！其余的学生分为文牍股，庶务股，交际股，宣传股，会计股，侦探股，卫生股，交通股，八大股。一年级的小学生也分在各股服务。天赐被分在侦探股。这股的办事细则还没拟好，不过主要的工作已派定：校里校外探听消息，随时报告给先生们。股员有四十多人，有在厕所里巡逻的，看见有人去挤尿便得报告，而一二年级的小学生这两天因为没事可干，常常去挤点尿解闷，于是被报告的不少。天赐看不起这种工作，可是这紧张的空气激动了他的想象，他想到些别人没想到的危险与阴谋。他专在主任室外巡视，生怕房脊上偷爬着穿夜行衣靠的来行刺。越看那个屋脊，这越有可能。他偷偷地去裁了些小纸，印上一朵梅的暗号，并题上“狗主任，一刀一个不留情！”主任室门上，教员休息室内一带等处，都贴了一张。然后他拿着一张去报告：“报告，有行刺的！”先生到各处找“无名帖”，全学校的脸色全变白了。天赐立刻成了英雄。大家争着问他：“你是看见了吗？”天赐的薄唇用力缩紧，一字一字地往外爆：“主任的房脊上，俩背单刀的！”一个传十，十个传百，没有半天的工夫，已经成为“牛天赐说的：他看见十个背单刀的！”听说的唯恐不确，必须亲自来问：“你是看见十个背单刀的吗？”天赐不便否认，“还许是十一个呢，跑得太快，都是飞毛腿，不容易数，准得是十一个！”天赐的名誉恢复了，他一点也不能是私孩子了，谁也没这么说过；他是朱光祖了。主任亲派他为侦探股副主任。连主任上厕所都有十个纠察随着，怕那里有行刺的。天赐向来没呼吸过这么甜的气，他并没把副主任搁在心上，而所喜的是他可以随便运用想象，想象出来的不但使别人惊恐，连自己也害怕。他会由闹着玩而渐变为郑重其事地干，他觉得真有刺客埋伏着了。他向先生们建议：得把武术先生请来教给大家打镖。这又是独到的，谁也没想起武术教员来——教员们平日是不大看起他的。教员们也都佩服了牛天赐。

正在这个当儿，真正严重的消息来了：新主任已跟县里接洽好，要带二十名保安队来武装接收！大家向武术教员要主意，他说他一个人能打四十个小伙子。他是铁布衫，朱砂掌，刀枪不入。可是待了一会儿，他偷偷地溜了。他一溜，大家更恐慌了。开了全体大会，一年级的小学生吓得直尿裤子，当时由卫生股去相机处理。自然教员出了好主意：门口安电网。初级的学生暂放三天假。高级的全得带武器来，在电网后堵防。学生登时都回了家去拿兵器，有的就没敢回来。天赐非常地热烈，他管电网叫作天罗地网，这必会拿住几个妖精。他把旧竹板刀找出来，没告诉妈妈，偷偷又回了学校。校门上果然安上了铁丝，可是还没有通上电。天赐抱着竹板刀，在大门内站着，他的眼光四射，薄嘴唇咬着，一心等着厮杀，他十分地真诚。门口来往的人都向大门上细看：电网！电网！这回可有个热闹！这叫天赐的心跳得更快，他是行侠仗义的真黄天霸了。到了下午两点，高级生虽只回来一半，可是不能再等了。大门关上，通了电流，天赐听着门外的声音，好像隐隐有天兵天将呐喊！

等到四点不见动静，天赐不耐烦了。散了吧，歇会儿去，他来了爸的劲儿。他上了教员休息室，他是副主任。随便拿起先生们用的茶碗喝了一碗，气魄极浑厚。找了个座儿坐下，把刀顺在腿旁。身上一累，脑子便迟钝，他就想睡觉。他闭上了眼。约摸着有四点半钟吧，他被人唤醒。眼前站着两个保安队！“叫什么？”

“牛天赐。”天赐莫名其妙。

“干什么的？”一个问，一个往小本上写。

“侦探股副主任！”

“副主任，哎？”保安队打量了天赐一下，笑了，“走，回家去！”

“我这儿服务呢！”天赐还不肯走。

“去你的吧，小孩子！”保安队扯着他的肩膀，往外一搡。

到了院中，天赐的心凉了，各处都把上了保安队。原来新主任知道大门有电网，由后面登梯子跳墙进来了。他只好回家吧，虽然很后悔没能厮杀一阵。

过了两天，他到学校去看一眼。门外的标语已经换了：“欢迎有革命精神的 × 主任！”“打倒帝国主义走狗的 × 主任！”他认识这个笔迹，他的级任先生写的。大门的旁边贴着张布告：“……牛天赐……等十名，应即开除！”

天赐糊涂了，这是什么把戏呢？再看，不错，是他被开除了。他不敢进去质问，门口有个保安队站着，带着枪！

他极慢地走回家去，不敢去告诉妈妈，妈妈这几天不大舒服。可是不能不告诉，这不是丢了一管铅笔什么的那种事。怎么告诉呢？他思前想后，越想越糊涂。不必想了，先看看妈妈去，假若正赶上妈妈喜欢呢，就告诉她。他假装没事人似的进了妈妈的屋中。他的眼神与气色把他自己卖了，妈妈看得出来：“福官，学校怎么着了？”

天赐想笑，没笑出来。一个小学生最大的羞辱恐怕就是开除吧？“没，没——”他结巴起来。

“怎么了？福官！”妈妈的神气有点可怕。

“开，开除了！”天赐的头扭在一边。

“谁？你？”

“我！”

妈妈半天没说出话来。养起个官样的儿子，就这样呀！十几年的心血，白费！天赐被人家开除了！但是妈妈必须知道个水落石出，为什么开除呢？

天赐说不上来。

妈妈得到学校去问。为减少对于儿子的失望，妈妈希望这是学校当局的错误。她得去问。假若真是学校不对，她不能这么善罢甘休；她在云城有个名姓！天赐怕妈妈去，她的身体不大好。可是又希望她去，问个明白。

“走！跟我去！”妈妈很坚决。

天赐知道妈妈的脾气，不敢不去。多么难堪！妈妈去和先生吵嘴；还能不吵嘴吗？平日最应尊敬的不是妈妈与先生么？看着他们吵嘴！他的手哆嗦了。

牛老太太拉着天赐，极官样尊傲地往校门里走。天赐要钻到地里去才好。他受不了这种争斗。他好玩，也可以不玩；玩的时候运用着想象，不玩的时候便马马虎虎；他怕妈妈这种郑重的实际的攻伐。保安警察拦住了他们。

“牛天赐的母亲牛老太太见你们主任！”妈妈一口气而字字清楚地说。

“主任不见。”警察说，神气也够傲慢的。

“你说的？是你——说的？”妈妈的眼盯住了警察的脸，“好吧，咱们县里说去！”

警察毛了。他看了看牛老太太的穿张，开始收兵：“看看去，主任也许见。”

“也许干吗？牛老太太赏他脸才来呢，叫出他来！”

天赐觉得妈妈的手拉得更紧了些。他要佩服妈妈，可是不能，他以为这太严重了。

主任出来，把牛老太太让到接待室。

“牛老太太？”主任搓着手。三十多岁，一身洋服，上面安着个虾蟆头，说话吸着气。

“你就是跳墙过来的那个主任呀？”牛老太太眼皮扣着，手放在膝上，声音低而有力，很像位太后。“我不是来求你再收留天赐，听明白了；我来问问你，为什么开除了他？”老太太这才抬起眼皮，看着那个虾蟆头。

主任搓手，吸气，咧嘴，心中很得意：老太太并不要求收回成命，这就好办了；说话好听不好听的，没大关系。虽然如此，他可是一时想不起说什么好。再搓手，吸气，咧嘴。天赐替他很难过。

“是的，是的，”主任搓着手，“没什么，老太太请回去吧！”

“你还没说明白呢，”老太太的深眼坑里窝着点黑火，“为什么开除了他？”

“是的，教员们的主张，我刚到，不大清楚。”

“看你就露着糊涂样子吗，还清楚得了！”

主任要生气：“老太太可也别——”

“别怎样？别？老太太今天高兴来教训教训你！你，就凭你，还有什么蹦儿？！你打听去吧，我有个名姓！我要叫你安安顿顿地做主任，我不算是我妈妈养的！”老太太对于这点并没有把握，可是她知道云城的教员们是不敢惹绅商的。

果然，主任又不生气了；他就怕有家长出来捣乱。同行的捣乱好对付，家长是另一回事；在云城办教育而得罪了学生家长是满有被人推到河里去的危险。他又搓手，很像个不得主意的大苍蝇。“是的，是的，老太太请回吧！我去商议商议看，自有办法！”

“用八人大轿往回抬，我们也不在这里念了，用不着你的办法。我来问你为什么开除了天赐；你说不上来！要不是你糊涂，就是你爸爸糊涂。搁着你的，放着我的！这是怎么说的！天赐，给主任鞠躬，咱们走！”

主任只剩了吸气，可是十分地努力把老太太送到校门外："老太太慢走！是的！"

天赐非常地难过。他想起老黑的小孩在城外钓青蛙，为贪吃一个苍蝇，蛙的腮挂在钩上，眼努出多高，腿在空中踢蹬着，可是没办法，连叫也不会叫了，任凭人家摆弄，它只鼓起肚皮。主任很像这个青蛙！他一天没吃饭。

十六　一命身亡

老太太与主任的战斗虽然不很热闹，她可是没省了力量。本来身体就不甚好，加上这一气，她到家就病了。在精神上，胜利是她的；事实上，她的高傲的办法使主任得去便宜。她这种由人格上进攻的战法，在二十年前或者还能大获全胜；主任是读书要脸面的人呀，按老规矩说。按老规矩，王朗是可以被骂死的呀。可是，现在的主任只求事情过得去：开除了，学生不要求回来，这岂不很顺手；骂几句算得了什么？老太太白费了力气，没把主任怎样了。她觉出她该死了。她一辈子站在礼义廉耻上，中等人家的规矩上，现在这些似乎已不存在了。她越想越气。

天赐很难过。妈妈为他的事气病，没想到的事。遇到实际上的问题，他不能再想象，因为眼前的事是那么真切显明，他没法再游戏似的去处置。妈妈生病，事儿太郑重，他不能再“假装”怎样了。他能假装看见学校房上有十一个背单刀的，因为那里的事不切近；妈妈是真哼哼呢，妈妈真是为他的事而生病。这里边有他！他迷了头。他着了急：为妈妈去找药，为妈妈去倒开水，他一心地希望妈妈好了。可是妈妈的病越来越沉重。他愿常问问妈妈好些没有，妈妈的身上疼，他愿说——我给轻轻捶一捶？可是，他说不出口，他在屋中打转，说不出。妈妈说他没良心，纪妈责备他不懂事。他有口难辩。在家里，在学校里，一向是生闷气的时候多；同情往往引起是非，而且孤高使他不愿逢迎。他会说故事，可是这并不能使他对人甜言蜜语的。遇到了真事，他怕。在想象里他能郑重；在真事里他不能想象，因而也不能郑重。他真愿安慰安慰妈妈，可是妈妈是真病了，怎能假装地去问呢？不假装的还有什么可说呢？

妈妈和一般的六十多岁的老人一样，有病便想到了死，而且很怕死。这倒不一定是只怕自己不吸气而去住棺材，死的难堪是因为别人还活着。死去也放心不下活着的，这使死成为不舒服的事。越到将死越觉出自己的重要，不然这辈子岂不是白活？她设若死去，她自己盘算：天赐该怎办呢？老头子由谁照应呢？那点产业由谁管理呢？……越想越觉得自己死不得，而死也就更可怕。有一分痛苦，她想着是两分，死越可怕，病势便越发仿佛特别地沉重。她夜夜差不多梦见死鬼！

在亲戚们的心中，牛老太太死在牛老头儿的前头是更有些道理的。他们惹不起她，可是她若在最后结个人缘的话，顶好是先死。他们自然没法把她弄死；她自己生病可是天遂人愿，他们听说她病了都觉着心里痛快。他们拿着礼物来看她，安慰她，同时也是为看看她到底死得了死不了；设若她的气色正合乎他们所希望的，那点礼物算是没白扔了。天天有人来看她，也很细心地观察天赐。天赐直发毛咕。在他们心中，老太太要是一病不起，他们会想法叫牛家的财产落在牛家人的手里。天赐觉得他们的眼角有点不是劲儿。

牛老者给太太请了医生。医生诊了脉，说不怕；吃两剂小药就会好的。他开了二十味小药。牛老太太吃了一剂，病更重了，二十味小药没有一味有用的。又换了位医生，另开了二十味小药；这二十味大概是太有用了，拿得老太太说起胡话。

妈妈不像样儿了。在灯下，她十分地可怕。她闭着眼，嘴唇动得很快，有时出声，有时无声，自己叨念。有时她手摸着褥边："对了，你拿这二十去吧；那三十你不能动！"她睁开了眼，向四外找："走啦？拿了钱就走！早知道，少给他……"她愣起来，吧唧了两下："给我点水喝！"

天赐大着胆给了妈点水，妈咽了半口，"不是味！"天赐没了主意。他没想到妈妈会有这么一天。他和妈妈的感情不算顶好，可是妈妈到底操持着一切，妈妈是不可少的。妈叫他呢："福官，这来！"天赐挨近了妈妈。"我呀，大概不行了。把抽屉里的小白布包递给我！"天赐找到了小包，要叫声妈，可没叫出来，他的泪下来了。他没和妈这样亲密过，妈向来不和他说什么知心的话。“打开，有个小印，小图章，不是？你带着它，那是你外祖父的图章。你呀，福官，要强，读书，做个一官半职的，我在地下喜欢。你外祖做过官！老带着它，看见它就如同看见我，明白不？”

天赐说不出来什么。他想不出做官有什么意义，也顾不得想。他心中飘飘忽忽的。他看见了死。妈又说话呢，说得与他没关系。这不像妈，妈永远不乱讲话！妈又睡去，全身一点都不动，嘴张着些，有些不顺畅的呼吸声儿。越看越不像妈了，她没了规矩，没了款式，就是那么一架瘦东西。她的身上各处似乎都缩小了，看不出一点精力来。这不是会管理一切的妈妈。他不敢再看，转脸去看灯。屋中有些药味。他仿佛是在梦里。他跑去喊爸。

爸来了，屋中又换了一个样。爸的圆头大肚使灯光都明了好些。屋中有了些热气。天赐看看爸，看看妈，这一间屋中有两种潮浪，似乎是。他可怜妈那样瘦小静寂，爸也要落泪，可是爸的眼好看，活的。

妈睁开了眼，看看他们，极不放心地又闭上了，没看完的一点什么被眼皮包了进去，像埋了点不尽的意思。

妈的眼永不再睁了。

天赐哭不出声来，几年的学校训练使他不会放声地哭。他的心好像已经裂开了，可是喊不出，他咧着嘴干泣。妈妈的寿衣穿好，他不敢再看，华美的衣服和不动的身体似乎不应当凑在一处。

吊丧的人很多，可是并没有表现多少悲意，他在嘈杂之中觉得分外的寂寞。有许多人，他一向未曾见过，他们也不甚注意他。他穿着孝衣，心里茫然，不知大家为什么这样活泼兴奋，好像死了是怪好玩的。妈妈死了，一切的规矩也都死了，他们拿起茶就喝，拿起东西就吃，话是随便地说，仿佛是对妈妈反抗，示威呢。

到了送三那天，他又会想象了。家中热闹得已不像是有丧事，大家是玩耍呢。进门便哭着玩，而后吃着玩，说着玩，除了妈妈在棺材内一声不发，其余的人都没话找话，不笑强笑，他们的哭与笑并没什么分别。门口吹鼓手敲着吹着，开着玩笑。门外摆着纸车纸马纸箱纸人，非常地鲜艳而不美观。院里摆着桌面，大家吃，吃，吃，嘴像一些小泔水桶。吸烟，人人吸烟；西屋里还有两份大烟家伙。念经的那些和尚，吹打着“小上坟”“叹五更”，唱着一些小调。孩子们出来进去，野狗也跟着挤。灵前点着素烛，摆着一台“江米人”，捏的是《火焰山》《空城计》《双摇会》。小孩进门就要江米人，大人进门就让座。也有哭一场的，一边抹泪，一边“先让别人吧”，紧跟着便是“请喝吧，酒不坏！”祭幛，挽联，烧纸，金银元宝，红焖肉，烟卷筒，大锡茶壶……不同的颜色，不同的味道，不同的声音，组成最复杂的玩耍。天赐跪在灵旁，听着，看着，闻着，他不能再想妈妈，不能再伤心，他要笑了，这太好玩。爸穿着青布棉袍，腰中横了一根白带，傻子似的满院里转。他让茶让烟让酒，没人安慰他，他得红着眼皮勉强地笑，招待客人。那些妇女，穿着素衣分外地妖俏，有的也分外地难看，都惦记着分点妈妈的东西，做个纪念。她们挑眼，她们彼此假装地和睦，她们都看不起爸。天赐没法不笑了，他想得出更热闹的办法，既然丧事是要热闹的。他想象着，爸为什么不开个游艺会，大家在棺材前跳舞，唱“公鸡打鸣”？为什么大家不做个吃丸子竞赛，看谁一口气能吃一百？或是比赛哭声，看谁能高声地哭半点钟，不准歇着？这么一思索，他心中不茫然了，不乱了；他郑重地承认了死是好玩的。一个人应当到时候就死，给大家玩玩。他想到他自己应当死一回，趴在棺材里，掏个小孔，看外面大家怎么玩。或者妈妈就是这么着呢，也许她会敲敲棺材板说：“给我碗茶喝！”他害怕起来，想象使他怕得更真切，因为想象比事实更复杂而有一定的效果。他应当去玩，他看不出在这里跪着有什么意义，他应当背起单刀去杀几个和尚，先杀那个胖的，血多。

事实是事实，想象只是一种奢侈。他听见屋中有位脸像埋过又挖出来的老婆婆，说：“这孩子跪灵算哪一出呢？！”一个大白鼻子的中年妇人回答：“死鬼呀都好，就是不办正事。不给老头子娶个二房，或是由本家承继过小子；弄这么个东西！”大家一同叹息。天赐知道这是说他呢。妇女们的眼睛都对他那么冷冷的，像些雪花儿往他身上落。他又茫然了。一提到他自己，他就莫名其妙。他曾问过妈妈，为什么人家管他叫私孩子，妈妈没说什么。他是不是私孩子？妈妈说他是妈妈生的。私孩子有什么不好？妈妈不愿回答。纪妈、四虎子、爸，也都不说什么。他不明白究竟是怎回事。在想象中，他可以成为黄天霸或是张良，他很有把握。一提到他真是什么，他没了主张。现在人家又骂他呢。他并不十分难过，只是不痛快，不晓得自己到底是什么。而且更不好受的是在这种时节他不能再想象，既不是黄天霸，又不是任何人，把自己丢了！在这种时节，生命很小很晃动，像个窄木板桥似的，看着就不妥当。

有十点来钟吧，席已坐过不少桌，外面的鼓又响了。进来一个妇人，带着四个孩子，都穿着孝衣，衣上很多黄泥点子，似是乡下来的。妇人长得很像雷公奶奶，孩子们像小雷公。天赐一眼没看见别的，只看见五个尖嘴。妇人进来就哭，哭得特别伤心，头一句是：“我来晚了，昨天晚上才得到信，我的嫂子——”四个小雷公手拉着手站在妇人后面，一声也不出。妇人把来晚，与怎么起身，乡下的路怎么难走，和四个孩子怎么还没吃饭，都哭过了。猛然地把鼻子抓了一把，而后将天赐用脚踢开，好像踢着一块碍事的砖头。紧跟着把四个孩子都按在灵旁：“就在这儿跪着，听见没有？动一动要你们的命！”转过头来，眼泪还满脸流着：“茶房！开饭，开到这儿来，给他们一人一碗丸子，五个馒头！”然后赶过牛老者去：“大哥！嫂子过去，我没什么孝心，就是这一身孝，四个孩子来跪灵；你二弟病了不能来，叫妹妹来了。那个小子是谁？”她指天赐：“大哥你这就不对了，放着本家的侄子不要，不三不四地找个野孩子，什么话呢？我们穷啊，穷在心里，没求哥嫂给个糖儿豆儿！今个咱们可得把话说明白了，当着诸亲众友，大水冲不了龙王庙，一家人得认识一家人；你的侄子是你的骨肉，虽然咱们不是亲手足，可也不远。不能叫野孩子这儿装眉作样的！”又转过头去，“好好地吃！别叫人耻笑！”

这一片独白引起大家的同情，埋过又挖出来的老婆婆，大白鼻子，红眼边，全一拥而上把牛老者围在当中。各人争着说，谁也没听见谁的，牛老者头上冒了汗。他不用挨着个儿细听，反正大家都责备他呢。他又不能答话，想不起说什么。男人们有关系的不过来，由着妇女打前阵，没关系的站着看热闹。说着说着，大白鼻子也把个孩子按在灵前，红眼边一下子按倒了三个；一急把别人家的孩子也按在了那儿。不大的工夫，灵前跪了一片白。最后，还是雷公奶奶挑头儿，“把那个野孩子赶出去！”

天赐在棺材旁边立着呢。他觉得那些人可怕，可是说不上来怎么可怕。羞辱他常受，不足为奇。在人群中他觉着孤寂，也是平常的事。他不慌，只是不知道怎样才好。他站着不动。爸被人围住，不能过来。他找不到一个同情于他的人。妈妈是死了。灵旁跪着的孩子们听见雷公奶奶的呼吓，有个大点的立起来，和天赐眼对着眼。天赐不动。那个孩子捋起袖子。正在这个时候，捋袖子的少爷挨了个很响的脖儿拐。四虎子拉起天赐就往外走。

“怎样？！打人吗？！”多少人一齐喊。

“妈的！”四虎子的头筋跳着，连推带搡地从人群中穿出去。大家不知他是何许人，没敢动手。及至大家打听明白了他是谁，已经太晚了，这使他们非常地丧气。

出了门，天赐反倒哆嗦起来。四虎子一声没出，把他领到老黑的铺子里。

黑家的孩子们都在家呢，他们热烈地欢迎天赐，可是天赐没有心情跟他们玩。四虎子跟老黑说了几句，老黑点头："没错，交给我吧；天擦黑的时候，我把牛掌柜找来，没错！"

"你上哪儿？"天赐问四虎子，"可别回去，他们打你！"

"我不回去，你好好地在这儿玩吧，回头见！"四虎子走了。

老黑派"蜜蜂"等陪着天赐在家里玩，不准出去。蜜蜂把大家领到后院去，直玩了一天。他们现在已经"文明"了：蜜蜂的大弟弟已去念书。他把书教给大家替他记着，蜜蜂记人之初，他自己记性本善，二弟弟记性相近……他要是在学房里背不过书，到了家中就都想起来，所以他常在家里，非等大家请求他再去学两句新的他不上学。他不记字，只记一句的声音，记不准确也没关系，大家可以临时创造。所以黑家的这本《三字经》是与众不同。他一人上学，大家可都有笔，后院的墙上满画的是图。老黑很喜欢家中有了"书气"。

玩着玩着，天赐慢慢地把愁事都忘了，他开始说故事给他们听。他们很爱听黄大霸，不爱听青蛙和小鱼说话，因为知道青蛙不会说话。听完了几段故事，他们决定举天赐做他们的先生。天赐很感激他们，他向来没受过这样的尊敬。先生得教给他们书，他编了几句：黄天霸，耍单刀，红帽子，绿裤腰……大家登时背过，而且不久就发现了，原来红帽子绿裤腰是说的五妹妹，五妹妹的裤腰，因为褂子短，确是露着一块儿绿的。大家非常佩服天赐。

黑家的孩子们不认识钟表，天黑了就睡。在哪儿困了就躺在哪里，“蜜蜂”得把他们抱到一张大床上，点好数儿。有时候数目不对就很麻烦，因为有睡在煤筐里的就不大容易找着。他们睡了，天赐坐在柜台里十分地寂寞。他又想起早半天的事来。他不明白其中的故典，一想起来就觉得自己应该是大人了，不该再和孩子们玩，也不该快乐。他的稀眉毛皱起来。

八点多钟，爸才来。爸也改了样，脸上的纹深了些，不是平日马虎的神气了，那些纹都藏着一些什么，像些小虫吸着爸的血。父子都没话可讲。坐了半天，爸说：“咱们上街走走去。”

爸不像是想说话的。天赐忍不住了：“爸！你真是我的爸？”他扯了爸的袖口一下。

“真是！”爸点头。

“你还要我，爸？”

“要你！”

“他们为什么赶出我来？”

“他们要钱。”

“给他们不就完了？”

“完不了，他们嫌少。”

“不会多给点？钱算什么？！”

“不能多给，我的钱！”

这不像爸。没想到爸能这样。爸不是遇上事就马马虎虎么？为什么单在这几个钱上认真呢？钱为什么这样可爱呢？

“我的钱！”爸又重了一句，“我爱给谁，都给了也可以；我不爱给谁，谁也抢不了去！”

“不给多多的钱，他们不走，我就不能回家？”天赐问。

“偏回家！怎么不回家呢？！我接着他们的！钱是我的！”天赐不能明白爸了。钱必是顶好的东西，会使爸不马虎。这是爸第一次这么认真。他不敢再问，只觉得妈是在爸身上活着呢，爸和妈一样地厉害了。

“咱们回家！”爸的皱纹在灯光下显着更深，更难看了。

天赐怕回家，可是必须为爸显出勇敢；妈死了，爸只有他，他不能再使爸不痛快。

四虎子在门口呢，天赐壮起点胆子来。院中冷清清的，多数的客人都在送三的时候走了，和尚也去休息。西屋有两三位预备熬夜的。灵前点着一对素烛，烛苗儿跳动着。灵后很黑，棺材像个在暗中爬伏的巨兽。天赐哭了。他觉得非常的空虚寂寞，妈是在棺材里，爸为几个钱要和人家打架。

四虎子过来安慰他：“别哭啊，伙计！你看我，我不哭！妈死了，咱们就不是小孩子了，咱们跟他们干！”

妈常说：“得像个大人似的！”妈死了，这句话得马上实现出来，“不是小孩子了！”天赐觉得心中老了一些。是的，他不能再和“蜜蜂”们玩，不能再随便哭，他得像个大人。怎么像个大人呢？他得假装，假装着使他能郑重，他似乎明白了爸，钱是不能给人的，一个也不能给，他是大人了。大人见了叫化子就说：“去！没有！”即使袋中带着许多钱。这是大人的办法，他也得这样。怪不得爸变了脾气，大概是爸在妈死后才成了大人。他收了眼泪，盘问四虎子，他得关心，既已不是小孩子了。

四虎子告诉他：他们要钱，爸不多给，他们说了，送殡的那天还得闹。有两个办法可以避免闹丧：爸多给他们钱，或是爸坚持到底。他们都知道爸老实，可是爸真不往外多拿钱，他们也得接受爸愿给的那点。

天赐的心里赞成多给钱，可是他现在是装作大人，不能多给，钱是我们的，爸是完全对的。他的薄嘴唇咬起来，眼睛抠着，手背在后面，脚尖抓住了地。他似乎抓住点什么，自己是一种势力，一种天不怕地不怕的威能。即使他们因为钱少而闹丧，也只好凭着他们去闹，钱是不能添的，不能添的！爸并不马虎，爸是可佩服的，他必须帮助爸去抵抗。他睡了，连和尚念经也没吵醒他，他有了自信的能力。

十七　到乡间去

殡是平安地出了。双方都没栽了跟头。原本是牛老头儿决不添钱，而亲族们预备拦杠闹丧，不许天赐顶灵。双方都不让步。过了两天，双方都觉悟出来，打破了谁的脑袋也怪疼，谁又不是铁做的。于是想到面子问题。设若面子过得去，适可而止，双方一齐收兵也无所不可。直到开吊那一天，大家的眼还全红着，似乎谁也会吃人。到了出殡那天早晨才讲好了价钱，大家众星捧月地把棺材哭送出来，眼泪都很畅利。雷公奶奶把嫂子叫得连看热闹的都落了泪，她一边哭一边按着袋里的一百块洋钱票。大白鼻子等也哀声震天，哭湿了整条的手绢。殡很威武：四十八人的杠，红罩银龙。两档儿鼓手，一队清音，十三个和尚，全份执事，金山银山，四对男女童儿，绿轿顶马，雪柳挽联，素车十来辆。纸钱撒了一街，有的借着烧纸的热力直飞入空中。最威风的是天赐。他是孝子，身后跟着四名小雷公。四虎子搀着他，在万目之下，他忘了死的是谁，只记得自己的身份。他哭，他慢慢地走，他低着头，他向茶桌致谢，他非常地郑重，因为这是闹着玩。他听见了，路旁的人说：“看这个孝子，大人似的！”他把脸板得更紧了些。直到妈妈入了土，大家都散去，他才醒过来：“妈妈入了土！”他真哭了，从此永不能看见妈妈！他坐在坟地上，看着野外，冷清清的，他茫然——什么事呢？

由坟地回来，天已黑了。天赐很乏了，可是家中的静寂如同在头上浇了些凉水。他的眼，耳，鼻找那点熟识的面貌，声音，与味道。没有了，屋中的东西还是那样，可是空气改变了。没人再张罗他吃喝，甚至没有人再吓唬他。他想起妈妈的好处，连她的坏处也成了好的。他含着泪坐下，他必须是个大人了；已经没了妈妈。他可怜妈妈在那清冷的坟里，正如同他在这空静的屋里。他似乎明白了一点什么。

爸躺在西屋的床上，衣服带着许多黄土，就那么睡着了。他仿佛明白妈而不明白爸了。爸这几天改了样子。他看着爸，那短黄胡子有了不少根白的，脸上多了皱纹，睡着还叹气。这是那慈善的爸么？他有点怕。找了四虎子去。

“我怎办呢？”他问。

“先跟纪妈要点吃的，”四虎子给出主意，“吃完了睡。”

“在哪儿睡？”一切的事都没有准地方了！妈活着，他恨那些规矩；妈死了，他找不着规矩了，心中无倚无靠，好似失了主儿的狗。

“跟爸去睡！”四虎子在牛老太太死后显着很有智慧。

丧事的余波也慢慢平静，老头儿把该开付的账都还清，似乎没有什么可做的了。他常和天赐在一块，有的也说，没的也说，这给他一些快乐。天赐在这种闲谈中，得到许多的知识，因为爸说的都是买卖地上的话。对于金钱，他仿佛也发生了趣味。爸的一辈子，由谈话上显出来，就是弄钱。在什么情形之下都能弄钱。跟爸到铺中去看看，伙计们非常地敬重他，称呼他作少爷。铺子里的人们收钱支钱，算账催账，他们都站在钱上。妈妈给他的小印，他系在贴身小袄的纽上，可是这个小印已没有多少意义：他想不出做官有什么好处，钱是唯一的东西。钱使爸对他慈善，要什么就买什么；钱使爸厉害，能征服了雷公奶奶。四虎子没钱，纪妈没钱，所以都受苦。他长大了，他想，必须做个会弄钱的人。他买了个闷葫芦罐，多跟爸要零钱，而往罐里扔几个。不时地去摇一摇，他感到这里是他自己的钱。他问四虎子种种东西的价钱，而后计算他已经到了能买得起什么东西的地位。啊，他能买一个大而带琴的风筝了！普通的小孩买不起带琴的！他觉到自己的身份与能力。他很骄傲。他问爸：咱们这所房值多少钱？爸说值三千多，木架儿好，虽然不大。三千多！这使他的想象受了刺动。七毛钱就能买个很好的风筝；三千多！爸必是个有能力的人。爸决不是马马虎虎的，不是！他必定得跟爸学。“爸，明儿个我长大了，你猜我能挣多少钱？一月一千！”

“好小子！”爸很喜欢，“好小子！”

“爸你挣多少钱？”

“我？哪摸准儿去；做买卖有赔有赚！”

“别赔呀，干赚，不就好了吗？”

“对呀！”爸点着头，十分欣赏儿子的智慧。

可是，“怎么就赚了呢？”

“得长眼睛，”爸的眼睛并不高明，可是说着很有意思，“货缺了就得勒着，货多了就得快放手。做买卖得手快心狠，仗着调动；净凭随行市卖大路货不用打算赚钱！”

“哦！”天赐没都明白了，可是假装明白了。

跑到后院去找纪妈，“纪妈！咱们的米多还是面多？”

“多又怎样呢？”

“少就得勒着，多了放手！”他不但自傲能用这两个词儿，并且觉得他已能管辖纪妈。

“扯你的淡去！”妈妈死后，纪妈没了规矩。

“给你告诉去！”

“去！趁早走！”她知道天赐不肯走。自从妈妈死后，天赐的吃喝冷暖都由她在心。“哎，我说，你跟我下乡好不好？”纪妈自从由奶妈改为女仆每年回家三四天。现在又是她休息了，她怕没人照管天赐，所以想带着他。

天赐愿意去，他没看见过乡下。“等我告诉爸去，多要点钱，给他们买点点心拿着！”他不自觉地学着妈妈的排场。

爸答应了，并且把太太的旧衣裳给了纪妈些。太太的东西能偷的被雷公奶奶等偷去不少，爸不在乎这些物件，不过不应当偷，所以一赌气给纪妈这些东西。“我爱给谁就给；偷我，不是玩意儿！”妈一死，爸直添脾气。

正是冬月将残，腊月就到的时候，天赐穿了不知多少衣服，脖上缠了围巾，戴上手套，厚棉裤把腿挤得直往外叉。将出太阳，他和纪妈出了城门。天气还好，太阳虽不很热，幸而没风。纪妈的眼非常地亮，抱着一包零碎衣服，满心盼望。天赐提着一包儿点心——爸给纪老者买的。出了城门，纪妈雇了两头驴。天赐的心跳开了，他没骑过驴。纪妈很在行，两只脚翻翻着而不蹬镫，身子前仰后合的而很稳当。天赐被赶脚的搀上去，驴一动，他趴下了身，嘴找了驴脖子去。赶脚的揪住他的腿，重新骑好，纪妈一劲嚷扶着他！驴慢慢走开，天赐的厚棉裤只管旋他的腿，简直夹不住驴，一会儿向前，一会儿向后，有时候要横着掉下去。他的脸发起烧，用力揪住软鞍子，眼盯住驴耳朵。驴晓得这是个外行，一会儿抬起头来闻闻空气，一会儿低下脖子嗅嗅尿窝儿，一会儿摇摇身上，一会儿岔开腿，抽冷子往起颠一下。天赐没有抓弄，觉得两脚离地很高，而头是在空中。走了不远，他的屁股铲了。纪妈说：随着驴的劲儿！他找开了驴劲，驴低他高，驴往前他往后，一会儿离了鞍子，忽然地落在鞍上找不着驴劲，而把自己颠得发慌。他没了办法，赶脚的没了办法，驴倒还高兴。天赐扫了兴，平日净和纪妈夸口，他会这个会那个，原来他治不住一头驴！况且肚子还饿了呢，没有这么饿过！冷空气，驴尿味，和上下地颠，好像使肚子没了底儿。虽然已在家中吃了两个鸡子，可是肚皮似乎已与脊背碰到一处，他好像能看见自己的身子已完全透光儿了。

幸而路旁有个野茶馆，摆着烧饼与麻花。滚下驴来，他吃开了烧饼。嚼着烧饼，他看明白了，原来已到了乡间；一路上他什么也没见，只看见了驴耳朵。啊，这是乡间！他不大喜欢乡间的样子：没有铺户，没有车马，四外都是黄灰的地，远处有些枯树。看哪儿都一样：地，树，微弱的阳光。偶尔有个行人，不是挑着点什么，便是背着粪筐，乡下似乎没有体面的人，也没有闲逛的人。他想城里。城里的烧饼多么酥！他不饿了，把没吃完的烧饼给了赶脚的。

紧走慢走，晌午了才到十六里铺。十六里铺只是一个小村，在田野里摆着，孤苦伶仃的，村外有条大道，通到黄家镇。把着村口有个小铺，破石墙上贴着“你吸什么烟呀？哈德门！”石头很多，路上的石头缝里有点碎马粪渣儿。路旁高起一块好像用石堆起的河堤，堤上有堆着的秫秸与磨盘。门外有的趴着狗，有的站着一两个小孩，都叼着手指，瞪着眼看他们。门上很少有漆的，屋子都是平土顶，墙多半是石块堆起的。没有悦目的颜色，除了有一家门垛上贴着四个红喜字。也没有什么声音，天赐只听见一两声鸡叫；门外有老人晒暖，叼着长烟袋一声不出。处处都那么破，穷，无声无色，好像等着一点什么风儿把全村吹散了。

连树木都显着很穷，树干上的皮往往被驴啃去，花斑秃似的。路旁有个浅坑，坑中水不多，冻成一层黑色的冰，冰上有不少小碎砖块。纪家在坑上的右边，几间小屋在一株老槐树旁藏着，树底下有几只鸡和一只鸭子。驴奔了坑去，孩子们开始跟过来看，大人们也认出来纪妈，大家很亲热地招呼她，可是眼都看着天赐。他滚下驴来，赶脚的把那包点心递给他。他立在坑沿上看着大家，大家看着他，都显着很傻，像邻村的狗们遇到一处那么彼此愣着。

纪老者出来了。他有七十多岁，牙还很齐；因为耳有点沉，眼睛所以特别地精神，四外看看，恐怕有人向他说话。小短蓝布棉袄，没结纽，用条带子拢着，露着胸的上部，干巴巴的横着些铜紫色的皱纹。背微弯了些。

“爹！”纪妈高声地喊。

“哎！哎！”老头子愣磕磕地笑了，眼中立刻有点不是为哭用的泪，“哎！回来了！好！”

“这是福官。”纪妈喊着。

“哎！少爷来了，好！哎，进来吧！长这么高了！”

天赐觉得这个老头儿可爱，他把点心包递过去，可是想不出说什么。

“给你买来的点心，爹！”纪妈扯了爹一把。

“哎，好！好！啊！”爹没的可说，泪落下来一半个，“哎，少爷，还惦记着我，哎，好！进来吧！”

纪妈的男人也出来，跟着三个小孩。他有四十来岁，高个子，麻子脸，不说话。三个小孩都蓬着头，穿着短袄，有两个裤缝里露着鸡鸡的。

一进门，一大堆粪；粪堆旁立着个女人，比纪妈还老，可是小婶。“嫂子回来了？快屋里去吧！”她赶着去掀北屋的厚草帘子。邻居们也全跟进院来，在粪堆前站着看。爹笑着嚷：“都进来坐！进来！”没人动弹。爹又说了：“不进来，就走！”大家还不动。

屋子是一明两暗，很低很暗，土地，当中供着财神爷的纸龛。纪妈让天赐上东间去，一铺随檐大炕，山墙架着一条长板子，板子上放着一锅盖的棒子面饼，像些厚鞋底儿。天赐找不到椅子，只好坐在炕沿上。墙上有不少臭虫血，还有张熏黑的年画——“恶虎村”，他又遇见了黄天霸。看着这张旧画——天霸的刀上抹了一个臭虫——他又茫然了。没想到过，世界上有这样的人家。

老爹在炕与板案之间转了个圈：“给少爷什么吃呢，哎？老大，先煮几个鸡子去！”老大还没说话，出去找鸡子。三个孩子以为爷爷是疯了，低声地问妈：“妈！妈！怎么爷爷要煮鸡子？鸡子不是留着卖的吗？”妈妈用袖子甩了他们一下子。爷爷没听见可是看见了，以为孩子们是要吃食：“哎，吃饼子吧！拿去吃！穷是穷，有饼子就吃，爷爷可不能饿着孩子们！吃去吧！”一人拿了一块饼子，眼还溜着天赐。纪妈已上了炕：“爹，你吃点心吧，少爷给你买了会子！”爹又笑了：“哎，我吃！我吃！少爷还惦记着我！自从你妈妈死的那年，我没吃过一块大饽饽！什么年月！哎，好！”他可是没去动手，眼睛找了纪二娘去：“二的，你去烧水呀。”纪婶看嫂子穿的头蓝布袄，还沿着青假缎子边，都看愣了。听爹喊，她才想起招待客人。“妞子！”爹在炕席底下摸出五个铜子，“快跑，上小铺买两包高末儿去，高的！哎，早年间，家里哪有没茶叶的时候！”他坐在炕沿上，愣起来。

“爹，二弟还没信？”纪妈问。

爹摇头。纪妈的小叔是当木匠的，自从被大兵拉夫拉了去，始终没有消息。小婶很好，只是爱犯羊角疯，没法儿出去做事。

“今年的地呢？”

“什么？”爹没听明白。纪妈重了一回。“哦，地？咱们那几亩冤孽产又潦了，连根柴火也没剩。租的都收得很好，有八成；可是一交了租……唉，不用提了！你那几块子钱，金子似的，金子！可是这不像句话啊，老在外头，算怎回事呢？哎，我老糊涂了，想不出法子来！”

纪妈也不言语了。

老者抹了抹胡子：“回来先喝点水，吃俩鸡子，少爷！乡下，苦乡下，没的吃！”他和天赐招呼着。

纪家的二三十亩地，只剩了那几亩洼的，没人要。他们租着点地种，可是粮食打下来不值钱！

天赐听着看着，他不懂。在家里，爸老是说钱，几百，成千；这里，席底下放着五个铜子！这里什么都没有，鸡子是为卖的！他摸摸袋中，还有一块多钱呢。他摸着那块现洋，半天；拿了出来，顺着光亮的炕沿一溜，眼看着纪妈，“给老头儿吧？”

老爹的眼光更精神了，声儿也更高：“哎，少爷你收着！你已经给我买了点心！我不能收这块钱！姓纪的一辈子豪横，谁叫——唉，谁知这是怎回事呢？你收着，就要是接你的，我是小狗子！”爹向外边喊：“茶还没得呢，怎么了？”

天赐可更莫名其妙了。这些人，穷，可爱，而且豪横；不像城里的人见钱眼开。可是他们穷，为什么呢？谁知道这是怎回事呢？他又看着墙上的黄天霸，在刀上抹了一条臭虫血。

十八　月牙太太

纪家的鸡子特别好吃，真是新下的。饼子也好，底下焦，中间松，甜津津的有个嚼头儿。大妞们善意地送了天赐块白薯，他可没接过来，嫌他们的手脏。

一擦黑大家就去睡，天赐和老头儿在一炕上。老头儿靠着有灶火的那头儿躺下："少爷，累了吧？歇歇吧！洋油贵，连灯也点不起！唉！"天赐也躺下，原来炕是热的！一开头还勉强忍着，以为炕热得好玩；待了一会儿，他出了白毛汗。仰着不行，歪着不行，他暗中把棉裤垫上，还不行。眼发迷，鼻子发干，手没地方放，他只好按着裤子，身子悬起，像练习健身术。胳臂一弯一伸，肚子上下，还能造一点风。可是胳臂又受不了。把棉袄什么的全垫上，高高地躺下，上面什么也不盖；底下热得好多了，可是上边又飘得慌。折腾了半夜，又困又热又不好意思出声。后半夜，炕凉上一点来，他试着劲儿睡去。

第二天起来，他成了火眼金睛，鼻子不通气。

不行，他受不了这种生活。他想着不发娇，可是纪家的人太脏，他不能受。村里，什么也没有；早上只有个卖豆腐的和卖肉的，据说都是每三天来一次。村口的小铺是唯一的买卖，可是也不卖零吃。纪老头儿急得没有办法，只好给他炒了些玉米花和黄豆，为是占住嘴。村外也没的可玩，除了地就是地，都那么黄黄的；只看见三四株松树，还是在很远的地方。天赐想起年画上有张“农家乐”，跟这个农家一点也不同。这里就没的乐。这里的小孩知道什么是忧虑，什么是俭省，一根干树枝也拿回家去。这里笼罩着一团寒气，好似由什么不可知的地方吹来的。天赐一天也没个笑容。他想家。

住了两夜，纪妈带天赐回了城。纪老者送下他们来，并且给天赐拿了二十个顶大的油鸡蛋。

回到家中，天赐安稳了许多，他一时忘不了纪家那点说不清的难过劲儿；做梦还看见那三个小孩——那个顶小的穿着破花布屁帘，小手拿着块饼子。他细问纪妈关于乡间的事，听得很有趣。乡下是另一个世界：只有人，没有钱。

他要求爸给纪妈长点工钱，爸答应了。爸为什么能这样痛快呢？他不明白。他想象着自己应当是黄天霸，半夜里给纪老头送几块钱去；纪老头是可爱的，可敬的。但这只是想象，没有用处。反过来想到他自己，他又高了兴。他幸而是城里的人，他爸有钱。可是为什么他有钱，别人没有呢？不能想明白了，他只能自庆他的好运气。过了年他已十五岁，按着年节算岁数。他身上起了些变化：薄嘴唇上的小汗毛稍微重了一些，有一两根已可以用手揪起。喉头也凸出点来，一上一下的很像个小肉枣，说话不那么尖了，脸上起了些红点。身量并没长多少，可是他觉出身上多了一些力量，时常往外涨，使他有时憋闷得慌。他懂得了修饰。自己偷偷地买了瓶生发油，不敢叫别人看见，可是高了兴便叫纪妈闻闻他的头发。很好照镜子，见了姑娘可又不好意思，又愿看又不敢，虽然在镜子中他以为他很漂亮。老多日子也没找“蜜蜂”去，因为那是姑娘。有好些事儿使他心中不安，可是不好意思去问人，连四虎子也不好去问。他觉得自己是往外长，又觉得堵闷得慌。因为这种堵得慌，他把十六里铺慢慢地忘了。他自己是更值得注意的。世界上只有他自己在变化着玩，仿佛是。他不爱从前爱玩的东西了，他爱块漂亮的小手绢，什么背后画着个姑娘的小镜子，偷着吸了半根“哈德门”，晕了半天。没事就擦皮鞋尖。这时候他更爱乱想，越想越寂寞，有时候觉得搂抱谁一下才痛快。

爸愿他去学买卖，好继承那些事业。他记得妈的遗言，做官比做买卖好。他不能决定。有时候他会为自己打算。及至说到真事，他又不屑于细想了。他是少爷。他有时会装作马马虎虎：“学买卖？”他一笑。没意义。和爸要个三毛两毛的在街上转倒也逍遥自在。

既不去学买卖，又一时不能做了官，总得有点事做似乎才对得起爸。既对得起爸，又不失掉自由，还是去读书。可是学校没意思，老师不好，同学也不好。现在的天赐不是以前的天赐了，不能再到学校去当小菜碟儿；上学校去的话，他应当做主任！他见过世面了：死过妈妈，顶过灵，上过十六里铺，骑过驴，买过生发油！什么他不懂得？！他不要再上学校。其实呢，他心中也有点怕。两件事使他想起就怕，妈妈的死和学校里的冷酷。顶好还是请位先生，在家里读书，爱读什么就读什么，不必学算数，上体操。

不过，他不能直接和爸说去，他学会了留心眼。叫四虎子去说，要碰了钉子反正是四虎子碰。他还得运动四虎子一下，送给他点礼物。是的，送了礼便好说话，妈妈活着的时候不老这么办吗？

“虎爷！”这是他新创造的名词，很有些男子气，“过了会子年，还没送你点礼物呢！要什么？说吧！”揪起嘴上一根小毛，作为是胡子。

“别瞎扯淡，这两天心里不痛快！”四虎子出的气很粗。

“怎么了，虎爷？”

“怎么了？我不干了，伺候不着！”四虎子越说越上气。

天赐愣了，没有四虎子便没了世界，四虎子不是最老最老的朋友么？

“我告诉你，”四虎子看天赐愣住，心中舒服了些，“自从有你的那年，死鬼老太太就说给我娶亲。今年你十几了？”

“十五。”

“我娶了媳妇没有？”

天赐摇头。

“完啦！我告诉你，钱要是在人家手里，媳妇就娶不上。我看透了！不干了，不伺候了，我四虎子离了牛家还吃不了饭是怎着？！”

天赐看清楚牛家不对，可是不甚明白到底娶媳妇为什么这样重要，至于使四虎子这么着急。设若四虎子必得要媳妇的话，他自己也应当要一个。媳妇不就是姑娘，而姑娘不是很好看么？“虎爷，我跟爸说去，咱们一人娶一个；要不然的话，一人娶俩；大狗子他爸不是有俩媳妇么？”

“别胡扯，”四虎子可是笑了，“我这儿是说真事儿呢。我不能跟别人说，你是我的老朋友，是不是？我就能跟你说。”

天赐板起脸来，心中十分高兴，身上似乎增加了分量。老朋友，一点不错！“虎爷，我真跟爸说去。”

虎爷又觉得不好意思了：“可是，可是，别说是我叫你去的，那多没脸！”

“说谁的主意呢？”

“干脆吹了吧，没媳妇就没有，认命！”虎爷又软了。

“对啦，让纪妈去说！老朋友？好啦，哎！”他点着头，学着纪老者，“我也求你点事。”

"说吧，什么事都行，咱哥俩的话！"

天赐把要请位先生的意思说明，虎爷答应给办。二位老朋友非常痛快，由天赐出钱请虎爷吃了两串冰糖山楂，代替送礼。

两边的话都到了爸的耳中，爸照例允准，只是没主意。请谁教书呢？说谁家的姑娘呢？俱无办法。

天赐认识个姑娘——蜜蜂，马上推荐。爸觉得很好，"蜜蜂"已经十六岁，按照云城的办法是满有当媳妇的资格。可是老黑不愿意，嫌虎爷的岁数太多。他愿把蜜蜂给天赐，可是牛老者又不愿意，因为老黑在商界的地位太低。末了还是由纪妈为媒，在十六里铺说了个姑娘，据说人材本事都好，就是嘴不十分好，歪着。虎爷倒不在乎这点，只要人好就行。天赐不大赞成，一听十六里铺他就堵得慌；可是老朋友既然愿意，他也就不便多说，反而想象着十六里铺的好处："虎爷，那儿还有驴呢，不坏！"亲事就算定了，纪妈兼了媒人，身份猛进。

四虎子是三月里结的婚，天赐在四月才找到了先生。这位先生姓赵，大学毕业，好念书，会作诗，没事做，挺穷。赵先生在学校里教过几次书都失败了，他管不住学生。他的脑袋不知怎长的，整像头洋葱，头顶上立着几根毛儿，他可是很会教天赐。他和天赐说开了：你爱念什么就念什么，不明白的问；不问也没关系。天赐很乐意这么办。每天有一课叫作"思想"，师生相对无语，各自想着心事。想完了就讨论，想不出就拉倒。天赐想改造十六里铺，先修一条马路，赵先生给补上：马路两边得有树和流水。天赐很佩服赵老师，问他一切的问题，老师都有的说。天赐念小说，老师敢情能背《红楼梦》！爸要来查看，天赐就练字，老师教他写魏碑。爸走了，师生就研究林黛玉的性格与习惯。老师会说："你闭上眼想想看！"一闭上眼，天赐很会想象，他看见了黛玉！他很想找"蜜蜂"去；蜜蜂可是不会黛玉那样呢！大概世界上没有第二个黛玉了，除非再想出一个来。他想，他拿笔瞎写，有一天写了篇"蜜蜂"，赵老师很夸奖，叫他再去看她，回来再写。他找了她去。"蜜蜂"已长成个大姑娘，脸似乎长了些，也不光着脚，黑眼珠还是那么黑，可是黑得不能明白了。她走路非常地轻巧，大脚片不擦地似的。天赐不敢多看她，她不是先前那样自然了，她会笑出点什么意思来。天赐回来了，皱着稀眉毛想：假如"蜜蜂"的嘴再小一点，鼻子再长出一分，然后配上那俩黑眼珠？那一定更好看。蜜蜂得光着脚，在河岸上，绿阴凉底下，不出声地轻走！好了，他就这么写了一篇。赵老师说："这就对了，这就是文学，你明白了没有？可是你没写出个土点来，'蜜蜂'哪儿最好？当然是那对眼，黑的，怎个黑法？"他等着天赐自己想。

"黑得像——墨！"

老师摇头。

"黑得像——夜里！"

老师拍了桌子："河岸上，绿阴凉下，眼黑得像夜里！天赐你行了，你比我高！你猜我想象什么？像两颗黑珠子。珠子是死的呀，夜会动会流，流到不知道多远，是不是？”

天赐明白了，他也学着作诗，没人管他，他自己会用功。他什么都细心地看，而后去想。他管四虎子太太叫“月牙太太”，因为她的嘴歪；虎爷差点恼了他。虎爷说天下的歪嘴要算他的太太第一，天赐说月牙也只有一个，于是他们照旧是好朋友。

爸很怀疑赵老师到底教了些什么乱七八糟。他和老师谈，老师夸奖天赐有天才。爸不懂。老师拿出天赐的文章来，爸才相信天赐的书没白念，有一篇文章用了六张红格子纸！爸没看说的是什么，数了数字数，够一千五百字！“一千多字！这简直是作论了！”赵老师笑了：“有三年的工夫，他什么也会作了！”

“可也别太累了他，”爸转了念头，“我就有这么一个小子！作论累心哪！”爸信服了赵老师，也替儿子骄傲。逢人必说天赐会作论。天赐也很高兴，遇上爸叫他做点事的时候，他会说：“别，别乱了我的心思，正在这儿作论！”

十九　诗人商人

跟赵先生一年多，天赐在文字上有了很大的进步，写得也怪秀气。爸的铺子的春联都由他写，伙计们向他伸大拇指，他怪害羞的挺得意。

爸承认赵先生是好老师；可是在另一方面，他发现了：书房中的书籍增多了，但是短了别的东西。桌上的瓷瓶，铜墨盒什么的都不见了，天赐使着个小粗碟子当砚台。爸追问四虎子，虎爷不知道。问天赐，天赐笑了。老师没钱买书或别的东西，便拿起点东西去卖掉。

“为什么不跟我要钱呢？”爸糊涂了。

“赵先生说了，屋里东西多，显着乱得慌！”

“可那是我的东西！”爸倒不在乎那点东西，他不喜欢这个办法。

“卖了你的东西和向你要钱还不是一样？”天赐完全投降了赵老师。

“在我的门口卖东西？！”这太丢人了，爸以为。

“常卖着点，老师说，好忘不了穷；穷而后工！”天赐非常得意，“前天，我把皮鞋卖了，卖了一块半钱；我请老师吃了顿小馆，老师很喜欢！”

“你是我的儿子，还是他的儿子？”爸的脸沉下来。什么都可以马虎，可不是这么个马虎法，这是诚心教坏！

天赐没回答出什么来，他晓得妈与爸的规矩，但是赵老师的办法更有意思。这能使他假装穷，而穷得又不像纪家那样。这是卖了皮鞋去吃小饭馆。赵老师是真穷，天赐得陪着。就是赵老师的穷，虽是真的，也非常好玩。赵老师会卖了铜墨盒买本小书，而后再卖了书买烟卷。由爸与十六里铺，他明白了钱的厉害；由赵老师，他得到个反抗钱的办法，故意和钱开玩笑。钱自然还是好东西，可是老师的方法使钱会失去点骄傲，该买书的偏买了香烟，用鼻子向钱哼几声！肚子饿了就卖棉袍，身上冷就去偷煤，多添点火，老师有办法，而且挺快活。

爸受不了这个：“好嘛，先生还偷东西，教给孩子卖皮鞋？我只懂得买，不准卖！”爸非辞赵先生不可。纪妈以为爸是对的，他们偷煤，而且把没点完的洋蜡放在地上喂老鼠！碟子当了砚台，筷子当作通火的铁条，因为铁条与铲子都没了影！

天赐舍不得老师，而且决定反抗，他现在是十六七的小伙子了，自己很有些主张。他说话已经和大人一个声儿了，嘴上的汗毛也很重，他不能完全服从爸。他本是很喜欢整齐清洁的，因为妈妈活着的时候事事有一定的办法，可是他也爱老师的凡事没有一定，当作诗的当儿还有工夫擦桌子么？老师和他都是诗人，而爸是商人，这是很清楚的；诗人不能服从商人，也是很清楚的。

虎爷怕事闹僵了，出头调停，以后不准他们再卖东西，由他把守大门，担任检查。爸也不要再生气，因为虎爷相信天赐既会作论，将来必能做官。赵老师算是没被逐出去，遇到该卖东西的时候，不等虎爷检查出来，就先声明："出去创造点钱，远远的，不在门口卖！"虎爷也就不深究，因为他也觉得有些东西早就该卖，堆着只管占地方，没别的好处。况且老师卖了东西还请客呢，虎爷常吃他的水果与零食；嘴上得到便宜，眼睛还能不闭上么？

爸还有个不满意的地方——天赐常去看"蜜蜂"。天赐很喜欢找她去，她现在已是"夜里的蜜蜂"。老黑夫妇没工夫管孩子们，由着他们的性儿反。天赐也跟着他们反，而且和"蜜蜂"特别亲密。他不嫌他们脏了，因为他自己也学着赵老师的样子，不再修饰；他那瓶没有用完的生发油早送给了"月牙太太"。他喜欢蜜蜂的什么也不知道；他背诗，他念"记蜜蜂"，她都睁大了黑眼，"哟！挺好听！"他学着小说上的语调对她说："我与小姐有一度的姻缘！"她还是"哟，很好！"她可是长了本事，也会用针给弟弟们缝补袜子什么的，头发上往往挂着点白线头儿，天赐替她取下来，摸摸她的头发，她也不急。下雨的天，她还是光了脚。

爸有回到老黑铺子去，遇上了他们在一块玩。爸叫天赐回家。天赐看爸的神色不对，没说什么回了家，和赵老师讨论这件事。赵老师说，没有女的就没有诗，诗人都得爱女人！姑娘是杨柳，诗是风，没有杨柳，风打哪里美起？天赐问老师怎不去找女人？老师说被女人打过一个很响的嘴巴，女人打嘴巴如同杨柳的枝子砸在头上，没意思了。

爸没再提这回事，可是暗中给天赐物色着媳妇；跟老黑家的孩子打连连[1]，没有好儿。

爸近来确是长脾气，他总好叨唠。他爱和天赐闲谈，可是谈不到一处；天赐有时候故意躲着爸，而爸把胡子撅起多高。爸似乎丢了从前那个快活的马虎劲儿。年岁越大越关心他的买卖，而买卖反倒不如以前那么好了。三个买卖在年底结账的时候，竟自有一个赔了的。爸一辈子没赔过，这是头一次。为什么赔了，爸找不出病根来。他越闷气越觉得别家买卖不像话，没有规矩。可是人家那不像话的赚了，他赔！他觉着云城的空气也不知怎么比从前紧起来，做买卖的大家拼命地争赛，谁也不再信船多不碍江这句话。大家无奇不有地出花样，他赶不上人家，也不想赶；想赶也不会！钱非常地紧，乡下简直没人进城买什么。他相信那

1　打连连：常来往。有瞎混的意思。

些老方法，在相当的程度上他也货真价实。可是他赔了钱。那些卖私货的，卖假货的，都赚。商人得勾结着官府，甚至得联着东洋人。而且大家都打快勺子，弄个万儿八千，三万二万便收锅不干了；他讲老字号，论长远，天天二三十口子吃饭，不定卖几个钱呢！他不明白这是怎回事，正如纪老者不明白乡下为什么那样穷。人家卖东洋货，他也卖，可是他赚不着。人家减价，他也减价，还是没人来买他的。他用血本买进来，他知道那些洋钱是离开了云城，而希望再从乡间送来；乡下只来粮食，不来钱。乡下人卖了粮，去到摊子上买些旧衣服，洋布头，东洋高粱粉条，不进他的铺子来。他一点也不敢再像从前那样大意，他也赶着买，赶着卖，可是赶不上别人。人家包卖一大批胶皮鞋，个把月的工夫干拿走三四万；他批了一角，没人问。人家是由哪儿批下来的？他摸不着门。他赔着卖也没人家的贱。他有门面，人家雇几十人满街嚷嚷。他得上房捐铺捐营业捐赈灾捐自治捐，人家不开铺面。以前，他闭着眼也没错，自要卖就能赚，而确是能卖。现在，他把眼瞪圆了，自己摸着算盘子儿，没用。他只能和些老掌柜们坐在一块儿叹息。他们都不服老，他们用尽心思往前赶，修理门面，安大玻璃窗，卖东西管送去，铺中预备烟卷，新年大减价，满街贴广告，没用。赚钱的就是洋人的买卖，眼看着东洋人的一间小屋变成了大楼，哈德门烟连乡下也整箱地去。他唯一的安慰是看着新铺子开了倒，倒了又开；他的到底是老字号。可是假若老这么赔下去，他也得倒！做了一辈子的买卖，白了胡子而倒了事业，他连想也不敢再想了。而天赐偏不爱学买卖！他怎能不叨唠呢？

天赐听说这个赔钱的消息，忙去告诉老师，老师很高兴。“这与咱们有什么关系？不但没关系，而且应当庆祝商业精神的死亡。咱们打点酒庆贺这个？”

“可别叫爸知道了！”天赐小心一些。

“其实他应当欣赏此举。钱在哪儿心就在哪儿。三个铺子都倒了，岂不完全省了心，做了自由的灵魂！”

赵先生说的确是有味，可是天赐到底有点不放心：“假如爸的买卖都倒了，我怎办呢？”

“那有什么难办？一对儿流浪诗人，完了。天下到底是穷人多，我们怕什么呢？”

这个又打动了天赐的幻想：赵老师，蜜蜂，虎爷和虎太太，他自己，都在四处漂流。都光着脚，在树荫下，叫蜜蜂捞点鱼，大家吃吃，倒也自在。这种生活必定比处处有拘束，有规矩强。

尤其使他高兴的是他的一小篇小文，由赵先生给寄到天津一家报馆去，居然在文艺栏里登出来。报馆给他寄来三份。看见自己的名字印在纸上，他哆嗦起来。自幼儿除了虎爷敬重他，到处他受人欺侮，私孩子，拐子腿，被学校开除。现在他的名字登在报纸上！他觉得爸的财产算不了什么，最有价值的是名，不是利。报纸上有自己的名字，大概普天下都知道了。继而一想，也许不能，在十六里铺就没看见有报纸，老黑铺中的报纸只为包裹铜子。云城的人家里，据他所知道的，就很少有书有报的。云城那两份小日报，除了一些零七八碎的新闻，和些大减价的广告，只有剑侠小说还有点人看。赵老师管这些小说叫作“黄天霸文艺”，连报馆都该烧了。可是他自己这种“非黄天霸文艺”有什么用呢，谁看呢？天赐怀疑了：假若没人读，写它干什么呢？还是钱有用，至少比文字有用。这他可不敢和赵老师说。

到了八月节结账，三个买卖全不赚，只将够嚼谷。这比赔了还难过。一个商人的心里只有两面，赚或赔，如同日之与夜。不赚不赔算怎回事呢？说着都丢人。会做买卖的才敢赔。牛老者的气色很难看，他的圆脸瘦了一圈，背弯了许多。可是他还挣扎。夜里睡的工夫越小，他越爱思索。他很想照着从前那样马虎，可是做不到。从前瞎碰出来的成功，想起来使他舒服些，自己一笑；及至拿从前的年月和现在一比，他茫然了。他觉着心中堵得慌。一到天亮他就再也睡不着，起来在院中走溜儿，他咳嗽。

天赐的心软了些。他得帮助爸，爸需要同情。他不能一天到晚做诗人。做诗人不过是近来的事，妈妈管了他十多年，妈妈不是一切都有办法么？

他和爸说了，他决定帮助爸。爸笑了。可是他能帮助什么呢？细一想，他什么也不懂，十六七年的工夫白活。手艺没有，力气没有，知识没有。他是个竹筒儿！该感激的还只有赵老师，只有赵老师教给他一些文字，其余的人没教给过他任何的东西。大概他只能等着做官或做诗人了！他没有办法，承认了自己的没用。

算了吧，先睡个觉去！他把头蒙上，睡了个顶香甜的大觉。

二十　红半个天

转过年来，赵老师自动地不干了。他的一本小说印了出来，得了二百五十块钱。“天赐，我创造出钱来了，想上上海；跟我去？”

天赐听到“上海”，心里痒了一阵。但是他不能去，他到底是商人的儿子，知道钱数；二百五不是个了不得的数目。妈妈死的时候，花了一千多，棺材寿衣还不在内。更使他惭愧的是他分三别两，谁的是谁的，妈妈的教训；他不能跟赵老师去，完全花老师的钱。老师要是花他的倒无所不可，他到底比老师阔，虽然钱不在他手里。他向老师摇头。

“二百五十块大洋，在上海可以花几天，”赵老师把烟卷吃到半根就扔了，“上海，醇酒妇人，养养我的灵魂！”

天赐不想说而说出来了：“钱花完了呢？”

“钱既是为花的，怎能不完？完过不止一次了。想当初，爸死，给我留下好多钱，不知怎么就完了。有钱就享受，没了钱也享受，享受着穷，由富而穷，由穷而富，没关系。就怕有了二百五而不花，留着钱便失了灵魂！你不去？吾去也！虎爷呢？得请请虎爷。”赵老师给了虎爷五块钱，没给纪妈任何东西，他不喜欢纪妈。

天赐以为老师必定打扮打扮，既然是“发了财”。至少应整理整理东西，既然是要走。老师没事人似的，吸着烟卷。下半天，老师空手出去了，一直等到吃晚饭的时候还不回来。天赐在书房的墙上找着个小纸条：“销魂者唯别而已矣，再见！”据四虎子说，他看见老师出去，可是没说话，眼睛红着点。天赐没吃晚饭。

这次的寂寞是空前的。他不是小孩子了，不能有点玩意儿就满意地玩半天了。他要朋友，不是学校中拜盟兄弟那种朋友，是真朋友。虎爷与纪妈在感情上是朋友，可是他们与他谈不到一处了。“蜜蜂”也失去魔力，既不“记”蜜蜂了，她由想象中的价值落下来许多；她的美一大半是由他创造的。赵老师走了，没人再陪着他白天做梦玩了，她还是她。过去是一片没有多少意义的恐怖；将来怎样他还不甚关心，可是也不光明，自己到底去做什么呢？他不明白这个世界，云城是这样，十六里铺是那样，怎回来呢？只有赵老师能给他一些空虚的快乐，虽然是空虚的。他似乎看明白了他没法对实际的问题发生兴趣。只有在瞎琢磨的时候，他心中仿佛能活动，能自由。到了真事情上，他不期然而然地要抓住妈妈那些规矩，云城那些意见，爸的马虎。他“自己”想不出高明主意来。他不会着急，蒙头大睡是最大的反抗。

对着镜子，他好像不认识自己了。眉毛多了些，嘴上有一半圈小毛，薄嘴唇有了些力量，鼻子可是不似先前卷得那么有劲了。脸上找不出一些可靠的神气，眼珠黄了些。“自己”是丢失了些，也没地方去找。有时候他坐在书房里，一坐便是半天，想起王老师，米老师，学校那些位老师，和赵老师。他们到底都是干什么的呢？不明白。米老师的嘎唧嘴法使他发笑而又害怕。有时候他想写一点什么，费了许多的纸，什么也写不成。往往一个字使他想一天，结果是蒙头去睡，那一个字断送了一大篇文章，说不定那是多么美的一篇呢！一个字！

这个时候——天赐十八岁——云城起了绝大的一个变动。男女可以同学，而女子可以上衙门告爸爸或丈夫去！自然男女兼收的地方是男的女的都不去，而衙门里也还没有女子告爸爸的记录，可是有了这么股子“气儿”了。云城在新事情上是比别处晚得许多的。这股子气儿使老年人的胡子多掉了许多根；带着怒气抹胡子是不保险的。妈妈们的心整天在嗓子眼里，唯恐儿女做出不体面的事来。有好多人家的子女就退了学，而学校教员改行教私学的也不少。云城的规矩是神圣的老人们尽了抓钱的责任，所希望于儿女的就是按着规矩男大当娶，女大当聘，而后生儿养女，乖乖的很热闹。年轻的人们，大多数是随着父亲做买卖的，对于这个新事也反对，可是乐意看看：街上有一对男女同行，使他们的眼睛都看流了泪，酸酸的很痛快。干这路新玩意儿的只是些学生。学生们开会，学生们走街，学生们演说，学生们男女混杂。连被强迫退了学的学生也偷偷地出来参加。不久就由人们造出个名词来——“闹学生”；和闹义和团，闹鬼子，闹大兵的闹是一个字。学生们也确是很喜欢这些事，他们跟爸要了钱出来，而后在爸的门前贴上“打倒资本主义”，很有趣。老人们越瞪眼，他们越起劲。

天赐的心跳起来，他看着他们，居然有了穿洋服的！他咽了唾沫。这才是生命！不受家庭的束管，敢反抗，所谈的是世界，国家，社会；云城算得了什么？他忙去理发，理成“革命头”，又穿上了皮鞋，在街上听着看着。他敢看女人了，女人也看他，都是女学生！在打扮上他是可以赶得上他们的，只可惜他不在学校里，不能参加他们的集会与工作。

可是，不久有人来约他了。他不是在天津的报纸上发表过一篇小文么？有人看，他们看过他是文学家。他们得办报，做扩大的宣传，他是人才！天赐驾了云。他有了朋友，男的女的。有个女的被妈妈扯了嘴巴还跑出来，脸上还肿着。这激起他的热情，他得写诗了，诗直在心里冒泡儿。

千金的嘴巴，

桃腮上烧起桃云，

烧吧，烧尽了云城，

红半个天！

天赐作的。挂在大家的口上。有人批评“千金”用得不妥，他为自己辩护，说这是双关语，既暗示出这个嘴巴的价值，又肯定地指出女性；这是诗！他辩论，自傲，想象他的伟大。连赵老师也没他强了，他是革命的，赵老师不过会受穷。他爱国，爱社会，可怜穷人。这在云城是极新颖的事。云城的人没有国，没有社会，穷人该死。他的眼光很远，他是哲人，他不知道自己是怎回事。

“闹学生”正在热闹中间，北方起了内乱。云城人最怕战事，因为一打仗不但买卖受损失，他们还得凑军饷，上临时捐，分认军用票。虽然在战前战后他们可以抬高物价，勒死穷人，但究竟得不偿失，而且不十分像买卖规矩。云城是崇拜子贡的，“孔门弟子亦生涯”，如果能保存点圣贤之道，也不便完全舍弃；假如不能，也就无法，不是他们的错儿。他们永远辨不清这些内战是谁跟谁打，也不关心谁胜谁败，他们只求军队不过云城；如若过来，早早过去。他们没有意见，只求幸免。如有可能，顶好挂挂日本旗子。

听说军队已到了黄家镇，一催马便是云城。使天赐大失所望。学生们不闹了。他还在想象中，正在计划一些宣传的文章。不知怎的大家都散了。他在想象中，对于真事的觉到就比别人迟得多。他在真事中，他比别人的主意少得多。大家散了以后，有人说已听见了炮声，他才醒过来，一点主意没有。

爸忙起来。他不怕炮声，听惯了。他怕炮打了他的铺子。爸忙叫天赐去帮忙，天赐插不上手，也插不上嘴。他在这时节既不能作诗，又不能做事，只会给人家添乱，一着急会平地绊个跟头。他饿得比别人早，还得别人伺候着。在忙乱中他不自觉地讲款式；他忘不了妈妈的排场与规矩，除非在想象着当野人或诗人的时候。伙计们尊敬他，伺候他，他是少爷。他觉得这也倒还有趣，闹学生他是人才，闹大兵他是少爷，左右逢源。

只要战事在云城一带，谁都想先占了云城；这个城阔而且好说话：要什么给什么，要完了再抢一回，双料的肥肉。兵到了！多数的铺子白天已关上，只忙了卖饼的，县里派烙，往军营里送。饼正烙得热闹，远处向城内开了炮。城内的军队一手拿着大饼，一手拿着枪，往城墙上跑。有的双手都拿着饼，因为三个人抱一杆枪。城外的炮火可是很密。打了一天，拿大饼的军队势已不支，开始抢劫；正在半夜，城的各处起了火。牛老者在家中打转，听着枪声，不住地咳嗽。远处有了火光，他猜测着起了的地方，心里祷告着老天爷别烧他的铺子。天赐很困，但也睡不着，他看着爸，心里十分难过，可是想不出怎样安慰爸来。纪妈，虎爷夫妇，也全到前院来，彼此都不愿示弱，可是脸上都煞白。

“福隆完了！”爸欠着脚向南看，“一定是！”爸哆嗦起来。

“不能……不能是福隆！”大家争着说。

“我的买卖，我还不知道在哪块？是福隆，三十多年的买卖！虎子，你扶我上墙看一眼！”爸哆嗦得很厉害，出入气很粗，可是他要上墙去看。

“爸，我去！”天赐不能不冒险了，枪子还直飞呢。

“你去看吗？你那两只眼！”爸不信任任何人的眼。

天赐没法，他只知道福隆在南街上，真测不出距离来。

爸非上墙不可，福隆烧起来，他只能对枪子马虎了，他必须亲眼看看去，他准知道福隆是在哪角。

天赐拿着灯；虎爷扶着牛老者，登了一条长板凳。爸上不去，他哆嗦，张着嘴，头上出着冷汗。扶着虎爷的手，他喘；憋足了气，借着虎爷的力量，上去一只腿。就那么一脚在上，一脚在下地歇着，闭上了眼。他积储力量呢。猛地，他那哆嗦着的手握紧虎爷的，想再上那一只脚。啪啪啪啪一阵机关枪！虎爷也出了汗："下来吧，机关枪！”老头不语，一手扶墙，一手握住虎爷，还往上去。到底他上去了，咳嗽了一阵，手在墙头上抓着，死死地抓着，他看见了。南街的道东，红了一片，大股的黑烟裹着黑团与火星往高处去；黑团与火花起在半空，从烟中往下落；烟还往上升，直着的，斜着的，弯弯着的，深黑的，浅灰的，各种烟条挤着，变化着，合并着，分离着，忽然一亮，烟中多了火花火团，烟色变浅。紧跟着火光低下去，烟又稠起来，黑嘟嘟地往上乱冒，起得很高，把半天的星斗掩住。空中已有了煳味。那是福隆和它左右的买卖。没有人救火，自由地烧着。他像木在那里，连哆嗦也似乎不会了，只有两只眼是活着，看着三十多年的福隆化成一大股黑烟，弯弯着，回绕着，汹涌而又依依不舍地往北来，走着走着还回回头。

虎爷虽然是双手扶着他，架不住他的上半身猛地往下一倒，他摔了下来。天赐叫了一声，灯落在地上。全是黑的，只是天上隐隐的有些浮光，飞着纸灰。

二十一　人面桃花

战事完了。云城果然红了半个天，应了天赐的诗句。爸的福隆只剩下点焦炭与瓦块。重要的账簿与东西，在事前已拿了出来；货物可全烧在里面。爸从前的马虎是因为他有把握，那是太平年月，眼看着福隆完了，他觉得无须再活下去了。这几年他不敢马虎，而结果反倒是这样，对于买卖与他自己完全不敢信任了。火是无情的，枪子是没眼睛的，他的老年是在火与枪弹中活着，没想到过！他病了一大场。

天赐多少日子也没到书房去，他不能再作诗。他对不起爸，不应当作那“红半个天”的句子。他对不起云城，南街北街烧了两大片，最热闹的地方成了土堆。在作诗的时候他小看云城；当云城真受了伤，他反倒爱它了。不该诅咒这个城，他觉得。他不敢多上街去。营商是他所不喜欢的，但是随便把别人的房子烧了，他简直没想到过；他后悔作过那样的诗。他到底是爸的爱子，感情使他怜惜着爸。他很细心伺候爸，唯恐爸就这么死了。妈妈是为替他争气而死的；不能再把爸咒死。他觉出他的矛盾来，可是没法调和；爸的病是真的，不能因为爸的志愿不高尚而不管，他没有那样的狠心。听着爸在床上哼哼，他不能再逃往诗境；生死是比柳风明月更重大的，虽然他不甚明白关于生死的那些问题。

学生们耻笑他，说他开倒车去尽孝道。赵老师来信，说他不同来上海是他的不伟大；干什么就干什么；脚踏两只船是不可能的。天赐不理他们，由他们说去，先看爸的病要紧，这是种责任。

爸的病慢慢地好上来。没人在他面前敢提"福隆"。他自己反倒笑了："你们都不提福隆，好！其实，算什么呢？在病里我琢磨出来了：我没本事，一向马马虎虎，运气叫我赚了俩钱。后来我打算不马虎了不是，福隆倒连根烂了。我不明白，我也不想明白。还是马虎好，老了老了，何必呢？！"

他虽是这么说，大家谁也不信。及至他能出去活动活动了，总绕着走，不由福隆的火场经过。他拄上了拐杖，一边走一边和自己说，白胡子一起一落像个白蝴蝶。他念叨"福隆"呢！

爸能出去活动，天赐也又有了事做。他加入了云社。这是云城几家自古时就以读书做官为业的所组织的诗社。社里的重要人物的门前差不多都悬着"孝廉""文元"等字样的匾。他们走在县衙门前咳嗽得更响亮，走在商会事务所外鼻子哼出凉气。他们的头发虽剪去，可是留得很长，预备一旦恢复科举好再续上辫子。他们的钱都由外省挣来；幼年老年是在云城，中年总在外边；见过皇上与总统的颇有人在。他们和云城这把儿土豆子没来往。天赐本没资格加入云社，可是经小学的一个同学的介绍，说他是孝子，并且能作诗，虽然是商家的子弟，可是喜欢读书，没有一点买卖气。所以他们愿意提拔他。这个同学——狄文善——虽也才二十上下岁，可已经弯了腰，有痰不啐，留着嗽着玩。云社是提倡忠孝与诗文的，所以降格相从许天赐加入。云社每逢初一、十五集会，他们不晓得有阳历。集会是轮流着在几家人家里，也许作诗钟，也许猜灯谜，也许作诗，有时候老人们还作篇八股玩玩。天赐这又发现了个新世界，很有趣。这里的人们都饱食暖衣的而一天发愁——他们作诗最喜欢押“愁”“忧”“哀”“悲”等字眼。他们吸着烟卷，眼向屋顶眨巴，一作便作半天，真“作”。什么都愁，什么都作。天赐第一次去，正赶上是作诗，题是“桃花”。他学着他们的样子，眼向上眨巴，“作”。他眼前并没有桃花，也不爱桃花，可是他得“作”。大家都眨巴眼，摇头，作不出。他觉得这很好玩，这正合他的胃口，他专会假装。他也愁起来。愁了半天，他愁出来四句：

春雨多情愁渐愁，百花桥下水轻流，
谁家人面红如许，一片桃云护小楼。

他自己知道这里什么意思也没有，纯粹是摇头摇出来的。假如再摇得工夫大一些，也许摇出更多的愁来。他不能再摇，因为头已有点发晕。及至一交卷，他知道他有了身份，这些老人——原本没大注意他——全用一种提拔后进的眼神看他了。他开始以为他的诗有点意思，可惜头摇得工夫小了些！老人们爱那个“愁渐愁”。有个老人也押愁字，比天赐的差得多——“流水桃花燕子愁”。可是大家闭上眼想了半天，然后一齐如有所悟：“也很深刻！”老人自己想了想：“谁说不是！”天赐也闭眼想了想，或者燕子也会愁，没准。

除了作诗以外，天赐还看到种种的新事，人家屋中有古玩，有字画，果盘中摆着佛手。人家喝茶用小盅，一小盅得喝好几次。人家说话先一咧嘴，然后也许说，也许不说。人家的服装文雅，补丁都有个花样。人家不讲论饭馆子，而谈自家怎样做小吃。人家的笑带钩儿，还带着“我看不起你”的意思。人家什么事都有讲究。人家称呼他“赐翁”！

他也得那样，当然的。这些人与赵老师不同而且更好了：赵老师不讲究衣服，这些人也穿得很随便，可是这些人在不讲究中有讲究；他们把绸子做里，而拿布做面，雅。赵老师三个月不理发是常事，这些人的发也很长，可是长得有个样子，不使油而微有些香水味。他们不穿皮鞋，可是穿丝袜子；老式的千层底缎鞋，丝袜，有种说不上来的调和与风雅。这是妈妈的办法，而加上点更高的审美，这像桂花，花朵不鲜明而味儿厚。天赐爱这个。妈妈对了，人是得做官，离开云城去做官，见过皇上或总统的人毕竟不凡。这些人看不起白话文，白话诗，连读小说都讲究唐人作的。他很惭愧他作过白话诗。这些人看不上男女同行，他们讲究纳妾，纳妾好作诗，风流才子。他们不问他的家事，不问家中有什么财产；他们偶尔谈到钱，是说有件古玩已见过二千五还没卖。他们能拿起件古东西而断定真假。他们差不多都会画山水，自己夸奖着，他们懂得医术，自己能开方配丸药。他们提到一个人，先说一大套官衔，哪年哪月升的，哪年哪月撤差，都丝毫不乱。他们管本县县长叫“徐狗子”。

他回家就脱了皮鞋。看屋里，俗气通天！登上椅子把“苏堤春晓”的镜框扯下来，扔在厨房去。他得去设法弄字画，如一时没有钱买古玩的话，佛手是必须摆上的。他自己的服装是个问题，即使爸给钱，他不晓得怎样去做，也叫不上来那些材料的名儿来。

狄文善给他出了主意，叫他到元兴估衣铺去买几件“原来当”的老衣服，如二蓝实地纱袍子，如素大缎的夹马褂；买回来自己改造一番，又经济又古气。狄文善随着他去，给他挑选，给他赊账，再给他介绍裁缝铺。天赐没钱没关系，狄文善愿借给他；要不然，狄文善就全给他赊下，到节下把账条直接送给爸——一个才子给爸拉点账是孝道的一种，天赐爱这个办法，这可以暂不必和爸直接交涉，等账条到了再说。狄文善什么都在行，而且热心；什么老铺子都赊得出东西来，而且便宜。铺子里都称呼他“二爷”，他们给二爷沏茶，让二爷吸烟，陪着二爷闲谈。二爷要赊账，他们觉到无上的光荣。二爷弯着点腰，看他们的东西都有毛病，他咳嗽着，摇头，手指轻弹着象牙长烟嘴。二爷挑好东西只说一句“节下再算”。他们把二爷送到门外。

天赐打扮上了，照了照镜子——不像样！扁脑勺，拐子腿，身腔细，穿上古装，在满身上打转；真像穿上了寿衣。二爷给他出主意：“弯着点腰，以软就软，以松就松；再摇着点，自然潇洒。”天赐摇起来，果然是脱了俗气，和吕洞宾有点相似！初在街上摇摆，大家看他，他要害羞；和二爷走了两趟，他的鼻子利用原来的掀卷顶到了树尖上去，闻着仙人在云中留下的香气。他的脚尖不往一块碰了，因为用脚踵走，走得很慢很美。扇子之类的小零碎，在云城不易买到古式的，二爷有时送给他点小玩意儿，有时卖给他。卖给他的，并不当时要钱，也不说价，二爷不是商人：“先拿着用吧；这把扇子还是祖父在杭州做官时买的，画得好，写得也不坏。扇骨可别用汗沤，这是斑竹，可不同普通的竹子，把花纹沤黑了可糟！”二爷是真朋友，什么都教给他；为他，二爷赔了好多钱。生活也确是有了趣味，什么都做，而做得不伤神；什么都谈，谈得很雅。他们一同到城北去垂钓——绝不能说钓鱼——二爷的鱼竿值三十多块钱，二爷说！钓着鱼与否全没关系，为是养神。天赐真觉得必须养神，不趁着年轻力壮养神，什么时候才养呢？二爷的鱼虫是在瓷罐里养过一个多月的，用湿细草纸盖着，通红，像一条条的珊瑚枝。钓了半天，二人才钓上一寸多长的一对小“柳叶”，可是有多少诗意呢！

天赐也到二爷家中去。二爷的姐姐比二爷大着两岁，是个才女，会画工笔牡丹，会绣花，会吹箫。二爷的母亲很喜爱天赐。去过两趟，老太太就许他见见才女。才女出来周旋了两句就进去了，可是天赐以为是见了仙女。才女叫文瑛，长长的脸，稳重，细弱；两道长细眉，黑而且弯。穿得随便而大雅。文瑛是她父亲在广州做官时生的，父亲死在任上，她会讲广州话！狄老夫人顺口答音地把天赐家中情形都探了去（没问，是顺口答音地探）。而后二爷透了点更秘密的表示，假如这三位才子联为一家……天赐落在一种似恋非恋的境界里，又想起来“我与小姐有一度姻缘”。可是没法叫她知道了；她不常见他，偶尔给他一两声箫听听！他得作诗了，“如此箫声疑梦里，桃花一半在云间！”他哼唧着，摇着头，落在枕上一两点养神的泪，因为睡不着。

狄老夫人非常地厚待他，有什么不对的地方也委婉地说他，她说：“我拿你当作亲儿子！”她告诉他说话要小心，举止要大方，帽子别着了土，鞋底边得常刷点粉，衣服该怎么折，茶要慢慢地喝。“在我这儿都可以随便，咱们这样的交情；在别人家就得留点神，是不是？”她找补上。他很感激，他就怕人家笑话他是商人的儿子。到别人家去，献上茶，他干脆不喝；渴就渴，不能失仪！在狄家他稍微随便一些，既然狄老夫人对他那么亲热。有时候狄家来了客，他可以不走，而躲在二爷屋中去。文瑛会在这种时节给他端一小碗八宝粥，或是莲子羹来。“怕老妈子手脏，我自己给你端来了。”她把碗放下，稍微立一会儿，大方而有意地看他一眼，轻轻转身，走出去。天赐不再想回家。

这些，他都不敢让爸知道。他的古装不在家里穿。虎爷看见了他的打扮，他告诉虎爷：“这便宜呀，旧的改新；你摸摸这老材料够多么厚，十年也穿不坏，省钱！”没法子，对虎爷不能不说这种无诗意的话，饶这么说，虎爷还直吐舌头。

最放心不下的是那些账条。设若到年底，爸忽然接到它们而不负责还债，怎办？怎办？他假装马马虎虎，可是不能完全忘掉。他甚至于想起个不肯用，而到万不得已时还非用不可的办法：赵老师的钱的创造法——偷东西去卖。这个不是高明法子，也有点不体面，但是为自己在外边的身份与尊严，为这种生活的可爱，到必要时还非这么干不可。即使得罪了爸，也不能舍弃这种生活。这是在云间的生活，高出一切。他开始觉到人应当有钱。爸的弄钱是对的，不过不应那么花。人须先有钱，而后像云社的人们那样花，花得有趣而没有钱声与钱味。钱给他们买来诗料。

更使他不忍舍弃这种生活的自然是文瑛。一个会画会写的女子在家里！一对儿才子才女！天天在一块儿作诗，替桃花发愁，多么有趣！文瑛必是爱他的，他想。不是女学生那种随便交际，而是尽在不言中的一点幽情；那碗八宝粥！把爸的钱都花了而得到她，也值。他念《西厢记》，送完粥，临去秋波那一转！

他的想象使他的全身软起来，他觉得自己该变成个女的——安静，温柔，多情，会画工笔牡丹，多愁善病。决不能再做黄天霸了，那可笑。他得是张生，贾宝玉多情多得连饭都可以不吃，身子越瘦越会作诗。人得像蝴蝶似的，一天到晚在花上飞。他愿化为蝴蝶，一个小小的黄蝶，专爱落在白牡丹上！他得偷爸的东西，好当蝴蝶。

二十二　家破人亡

爸的病始终没好利落，好几天，歹几天；他自己向来不会留神，稍好一点他便想吃口硬的，吃了便又不舒服。他不想恢复福隆了，没那个精神；那两个买卖，他也不大经心，他得恢复他的马虎，这可是另一种马虎，一种不能不承认自己的衰老的马虎。这种马虎是会杀人的。

天赐十九，爸七十。天赐愿给爸办整寿，他有了会写会画的朋友，他得征求寿文寿诗寿图，以减少爸的商人气，而增高自己的名士身份。爸打不起精神干这个，可是也不便十分拦阻，这是儿子的孝心。他已给儿子还了不少的账——连狄二爷那把扇子开来账条——爽性叫儿子再露一手。他还那些账的时候，不能不叨唠几阵，可是同时心中也明白，儿子不是为吃喝嫖赌花了，是为置衣服买东西，虽然那些破东西没有一样看上眼的。他想开了，儿子本是花钱的玩意，不叫他这么花，他会那么花。他看不起云社那群“软土匪”，可是他们也有用处：商会办不动的事，他们能办，他们见县官比见朋友还容易。儿子不和他们打拉拢，很好；能和他们瞎混，也好。这年头做买卖不是都得结交软土匪与官场吗？随儿子的便吧，他管不了许多。天赐的婚事倒是常在他心里，他怕儿子被云社那群人吃了去，真要娶个官宦人家的小姐来，那才糟。他自己吃过了亏。他自己年轻的时候，也是迷着心，而老太太的娘家父亲爱上他的和气与财力，非让他做女婿不可。他一辈子没翻过身来。他并不恨老伴儿，可是想起来不免还有惧意。结婚最保险的办法是女的比男的穷，身份低；驸马爷至多会唱“四郎探母”！是的，他得赶紧替天赐张罗着，趁着自己还有口气。先办寿，后办婚事，花吧，反正自己还有多少年的活头？福隆都烧了，身子落在井里，耳朵还能挂得住？

天赐比妈妈又厉害了，先排练虎爷：“虎爷，有人来找我，你站在屏风门外喊‘回事’，明白不？等我答了声，你再向外喊，‘请’。然后拿着客人的名片，举得和耳朵一边齐，你，在前面，叫客人跟着，不要慌，慢慢地走，眼看着地，会不？来，练习一个！”

虎爷想了想：“咱哥俩说开了，我不会；就是会，我也不来这套，明白不？你要是不要我的话，吹！我不会耍猴儿玩。告诉你，你那头一对哗啷棒是我给你买的，不是揭根子，我懂得交情。我就是不干这路钩套圈，明白不？”

天赐的脸都气绿了。可是没法对付虎爷，虎爷到底是他最老的朋友。他也没有辞去虎爷的能力；虎爷要是想揍他一顿，还真就揍。云社的人们是不讲打架的。天赐把这口气咽了，过了一会儿反觉得自己很有涵养。同时云社的人都很夸奖他，他们决定下次集会讨论牛老者的寿文问题。他们非常地热心，愿把次好的字画陈设借给他用，给他出主意，替他去跑腿。他们就是喜欢别人按照他们的排场办事，他们赔上俩钱也愿意；赚几个更好。他们可是暗示给他，到办寿那天他们不能去贺寿；和些商人混在一处是破例的事，他们不肯破这个例。他们可以在正日子的前一天来，假如天赐愿意给预备几桌精细酒饭的话。天赐觉得这是一种优遇，不是污辱。他希望女眷也能来，目的是在文瑛。假如文瑛肯来，他与她的关系就能更亲密一些。他确信这是个好机会。他可是不敢去明说；私下里写个短笺更多危险。他先求她画张牡丹，再说别的。他不敢猛进，仿佛更明白了什么是愁与《西厢记》。

爸的寿日的前三天，爸的精神很好，叫纪妈做了点汤面，吃完，想到铺中看看，刚要走，来了个伙计，告诉他："源成银号倒了。"

"什么？"爸的眼直了。

"源成倒了。"

爸没说出第二句话，就瘫在那里。

天赐慌了，忙叫虎爷帮着把爸抬到床上，而后去请医生。

医生没给开方，告诉他预备后事。

爸就那么昏昏迷迷，挺在床上，呼吸很慢可是很粗，白胡子一起一落，没有别的动作。

爸不信服银行，他的钱全交在源成，一个山西人的老买卖。自从广东的“稻香村”顶了山西人的干果店，浙江人也顶了山西人的银号。可是源成没倒；几次要倒，都是谣言；牛老者没有信过一回这种谣言：“源成要是倒了，就没了天下！”他笑着说。他不信那些新事儿，什么保火险，买保险箱，他都不干。他只信源成，源成在他年轻的时候已经是老买卖；况且源成确能使他信靠，交钱支钱，开个汇票，信个三千五千，全没错儿，而且话到钱来，没有银行那些啰里啰嗦。源成真倒了，没了天下！他什么也不知道了。他的俩买卖能不赔不赚地维持；源成拿着他的命。

天赐想不到这些，他着急，可是还迷着心做那个官样的寿日。他只信医生一半话，还希望爸会起来，仍然做七十整寿。他看着爸，爸睁了几次眼，都没说出什么又闭上了。爸的手已不能动。到了半夜，他开始怕起来，爸的呼吸更困难了，眼睛已不再睁开。他又看到了死，死又使他清醒过来：“虎爷，爸不好！”他的泪随着下来。他希望爸——像妈那样——跟他说几句话。爸一辈子没说过什么漂亮的，可是爸可爱，爸是真爱他。哪怕胡说几句话呢，他愿听听爸的最后的声音。死时而一语不发比死还难堪，爸不是还有点呼吸么？他不由得叫出来：“爸！爸！”爸连眼也不睁！“爸！你说一句！”爸不语！他觉到许多地方对不住爸，他不应当看不起爸；爸要死，而他无从跟爸说他的过错！爸真的是可爱的。纪妈和虎爷主张给爸穿寿衣，以免死后倒动。他不肯，他不肯那样狠心拿活人当作死人待，爸还有气儿呢。可是他拗不过他们去，寿衣找出来，刚穿上褂子，爸已不再呼吸。他放声地哭起来。妈死的时候没使他这样伤心，并不是爸的身份与智慧比妈高，不是；爸可爱，不管他是商人还是强盗。

怎办呢？他没主意，他想坐在爸的身旁看着，看到永远；或是去睡觉。他不能去睡。他必须出主意，妈死的时候有爸操持一切；现在，爸也找了妈去，只剩下他自己。他知道这个，可是没办法。虎爷，虎爷是他的老友，他要求虎爷。虎爷没放声哭，可是泪始终没干，头上出着冷汗。虎爷从十二岁就跟着爸。爸死，虎爷把以前的委屈都想起来，况且以后他没了家——牛家就是他的家。

虎爷出了主意，先到铺子取点钱，然后通知亲戚。天赐怕那群亲戚，但是没法不通知。对于取钱，他想争取一些，这场丧事必须办得体面，像预定的办寿那样体面，这才足以对得起爸，爸的钱还给爸用。

虎爷一清早就出去了，先去取钱。只取来二百！他和铺子里打听明白了：铺子有“账”：人家欠铺子，铺子也欠人家，做买卖本是一种活动周转。爸死了，欠人家的债得还，而账本上人家欠铺子的未必能要进来。这么一翻身，两个铺子所有的货、钱，未必够还债的。源成是倒了，存的钱已连根烂，而且没地方再周转去。两个买卖都得倒。天赐傻了，他不懂买卖，他以为买卖就是平地挖钱。怎么他也没想到买卖会要倒。他更觉得爸不应死，可是已经死了！他想到云社那群朋友，他们必定有主意，他至少还有两所房屋。房子可以不要，爸的丧事必须办得风光，只有这个可以补上一点孝心，等爸入了土不就太晚了么？他嘱咐虎爷去请亲友，也请几位云社的人，主要的是狄文善。他似乎很有把握了，有云社的朋友来，亲戚们便不敢闹，朋友们是随便可以见知县的。朋友们来必定会指着两所房弄些钱来，他必须为父亲花一两千。

虎爷跑了一天。晚间，天赐希望来几个人；没个人影。第二天，铺子来了几个人，慌忙着又走了，只留下两个学徒帮忙。天赐等着近亲来到好入殓；没个人影。寿木是早已预备下的，爸自己看的木料。没人来，只好按时入了殓，连虎爷也哭放了声。

接三，除了铺中来了几位，还有两三家远亲。别人都没到。

源成倒了的消息早已传遍全城，跟着就是牛老者死的消息。谁肯来吊丧呢？云社的人本和天赐没关系，他们提拔天赐，因为他好玩，而且知道他有钱。现在他的钱没了，还理他作甚？他们不提“钱”这个字，可是关于钱的消息比谁也灵通。近亲更不用提，对于钱的来去比人的生死更关心多多了。他们都知道了，何必再来烧纸吊孝，白费些钱？他们等着呢，等天赐卖房时再说，他只要敢卖房，他们就有个阵势给他瞧。他如不卖，他们会叫他卖。他们盯着那两所房；死几个牛老者也没大关系，他们才不来白赔眼泪。

送三的时节，天赐哭得死去活来，冷清清的只有他一人穿着重孝，虎爷落着泪搀扶着他。几个伙计腰中围了孝带，手中拿着长香。和尚在空静的街上打着乐器，打得极快。后面跟着几个看热闹的孩子。送三回来，虎爷已熬了两夜，倒在条凳上就睡去。两个学徒和纪妈、虎太太商议好分着前后夜。灵前跳着点烛光，天赐坐在一旁，眼哭得干巴巴的疼。他都明白了：钱是一切，这整个的文化都站在它的上面。全是买卖人，连云社的那群算上，全是买卖人，全是投机，全是互相敷衍，欺弄，诈骗。他不应当看不起爸，爸是对的，况且爸还慈善呢，至少是对于他。他不恨任何人了，只恨他自己，他自己没有本事，没有能力，他仗着爸的钱去瞎扯淡，他不知将来怎样，没主意。小小的个人，已经看到两次死，死是总账。他想起妈妈，和那颗小印。妈妈嘱咐他做官，爸临死什么也没说，他到底去干什么呢？干什么不都得死么？他不再想了，死是总账。他就那么坐着打开了盹儿。他看见过去的事和爸，迷迷糊糊的。猛一点头，他醒了，爸在棺材里，他在棺材外，都像梦。和尚又回来念经，他继续打盹，可是不能再迷糊地看见什么。

出殡依然冷落，没有几个人。爸挣了一辈子钱，妈妈的殡反倒那么风光！他已哭不出，只和虎爷一边走，一边落着泪。走到狄家门口，文善文瑛都在门口站着呢，就那么站着，没有任何表示。文瑛设若躲进去，也还算有情。她不动，正和街上看殡的人一样冷静，她似乎绝不认识天赐。他认识了自己："天赐，你什么也没有，除了爸那几个钱；现在钱完了，你什么也不是！"

出了城，"杠"走得非常的快。爸和妈并了骨。他的泪又来了，爸和妈全永远埋在这里，只有那个坟头是他们曾经活过几十年的标记，像两个种子深深埋在地下，只等腐烂！他捉不到什么，什么都是坟地样的空虚。

他怕回家，那个空家。但是必须回去，家到底是个着落。可是，不久这个着落也得失去！他和虎爷回来，虎爷是他唯一的朋友。虎爷不会作诗，没有排场，不懂什么，可是有一颗红的心。

铺中掌事的等着他呢，买卖是收与不收，听他一句话。收呢，马上报案；不收呢，他得有办法；他如能周转钱去便可以不收。他没有那个能力，也没心程做买卖。收！

家中怎办呢？他独自带着虎爷与纪妈过日子么？吃什么呢？房必须出手。卖去大的，再买所小的。纪妈得回家，虽然极舍不得她。平日和纪妈并没怎样的好感，现在可舍不得她，她是他的乳娘，自幼把他看大。前途是暗淡的，他想捉住过去的甜蜜，他爱老朋友。但是纪妈得走，没法子。他亲自送她到城外，给她雇上驴；走出老远她还在驴上掩着脸哭呢。他不能放走虎爷，虎爷也不想走。

"不怕，不怕！"虎爷红着眼皮说，"咱们有法子，不怕！"

决定卖房子，房子就分外地可爱，没有一个犄角儿没有可纪念的事儿的，他闭着眼摸也会摸不错任何东西，它们都有历史，都可爱。

可是房契在哪儿呢？虎爷不知道，天赐不晓得。虎爷知道牛太太活着的时候，是在她手里，她死后，谁知道牛老者把它放在什么地方了呢？虎爷到铺子去问，大家都笑起来，铺子岂是存房契的地方？他回来，和天赐翻箱倒柜地找，找不到。爸是马虎人。

“虎爷，”天赐在爸死后头一次笑，“我看出来了，大概就是这点家具准是咱们的，别的全糟了！”

“不能，”虎爷仿佛是有把握，“不能！契纸一定在家呢，慢慢地找！”

什么地方都找到了，没影儿。天赐好像觉得这怪好玩了，“别是叫老鼠拉去了吧？”

虎爷没说什么。

买卖报了歇业，连福隆的地皮卖出去，仅够还账的。过了个把月，消息传到天赐的耳中，房契是在铺子掌事的手里，爸交给他的。他已经跑了，用契纸押了三千块钱。房契还在云城，没有三千块钱赎可是回不来。天赐得马上搬家，人家要房住。

天赐反倒笑了：“虎爷，我说什么来着？别的少说，咱们找房吧。”

虎爷以为天赐的嘴不吉祥，但是事实真是这样，他也只好拿出笑脸来：“不怕，咱们把东西卖巴卖巴，租个小房，再想办法，活人还能饿死？”

天赐虽不能高兴，也不太悲观，开始写小纸签，该卖的都贴上，没签的是留下来的。狄二爷卖给他的那把扇子也贴上了小纸条！爸的衣服，他舍不得，“虎爷，我仿佛觉得这些衣服还有热气呢，不能卖！”

“你是玩呢，还是干真事呢？”虎爷问。

天赐没回答出来。

待了半天，虎爷想起来了：“你是爱玩；想当初你抓周的时候，抓的是哗啷棒。”

二十三　隐士卖梨

正在整理东西，有人来找虎爷，说他的老丈母娘在城外等着他呢，有很要紧的事。虎爷走了，天赐独自看看这个，动动那个，信手地贴小签儿。

进来一伙人，雷公奶奶领头。天赐一看见她就木住了，好像虾蟆见了蛇。一个男人把月牙太太困在后院，另一个男人把天赐拉到门口："看着我们搬东西，一出声或是一动，你看这个！"袖口中露出个刀子尖，在天赐的肋部比画了一下。门口放着辆敞车。

天赐不敢动，呆呆地看着男女们往外搬运东西，搬得很快。雷公奶奶噘着尖嘴，仰着头，一趟一趟地搬，很有仙气，看着看着，天赐感到了趣味，他欣赏他们给他的地位——大家好像都是他的仆人，而他监督着他们给搬家呢，他的身份很高。虽然刀子始终没离开他的身旁，可是他觉得他须及时地享受，他微笑着，有时还帮句嘴儿："掉地上一把扇子，老太太。"他惹不起他们，可是他会想象着乐观。

人多好做事，不到一顿饭的工夫，细软的东西和好搬的小件已装满了车。袖里藏刀的那位很客气地代表大家对他说："大件的木器给你留着，咱们是亲戚，不能赶尽杀绝，是不是？再见吧！"

天赐以为这种客气几乎可以媲美云社的人们，他也不能失礼："谢谢诸位！要是愿意的话，再拉一趟吧！"

"那就不必了，大家都很忙，没那个工夫，再见。"

大家依依不舍地分了手。

桌子大柜，箱子什么的都留在原处；柜中箱中可是都空了。椅子一把没留。墙根上落下一把扇子——狄二爷卖给他的那把。天赐拾起扇儿，心中茫然。月牙太太从后院跑来，厨房并没动，只搬走了两口袋面。天赐不愁，也不生气，低着头在屋中走溜，一点主意与思想都没有。

虎爷回来可愣了："调虎离山计！哪儿有什么老丈母娘呀！你就老老实实地看着他们抢？"

天赐觉得"调虎离山"用得十分恰当："不老实着怎办呢？肋条上有把刀子！

虎爷又开始点东西，看看有多少木器；再说，堆房里还有些零七八碎呢。天赐拦住了虎爷："虎爷，歇歇吧，怎知道他们不再回来拉木器呢？”

“敢！再来？人命！”虎爷气得脸都紫了。

“那才合不着。好腻烦，睡会儿去！”天赐上了西屋，床上的被褥已经搬了走，他就那么躺下去。

虎爷虽然不怕出人命，可是也不敢找雷公奶奶们去，她们是牛家的本族，他怎能够管？他只好马上把木器们撮出去，能卖多少钱卖多少，别等他们真再回来。厨房的东西留下一部分，还留下床和两只箱子，其余的全卖。他上街去找旧货贩子，叫虎太太锁上大门，非等他回来不开。

那么些东西只卖了一百五十多块钱，还是三家合股买的，云城好像要穷干了。虎爷准记得那张条案是三十多块买的，可是人家说得好："现在谁要这种老沉货呀？谁花三十多买一张桌子呀？东西是好哇，可是得在手里压着，一辈子未必有个买主。你这是老人家了！"这末一句称赞使虎爷落了泪。老人家了！虎爷狠了心，卖；总比又被人家抢了去强，虽然这比被抢也差不了许多。

有了这点钱，天赐又有主意，他计划着，想象着，比如他和虎爷开个小铺子，或是一同上上海，主意太多了，他也说不上哪个较比的好。这么乱想使他快活；他看着妈妈的箱子与爸的床被人抬走本想要哭。虎爷不撒手钱，并且告诉天赐少瞎扯淡。虎爷有主意，他先去租三间房，然后再讲别的。叫月牙太太把钱票给他缝在小褂的里面，他出去找房。天赐觉到虎爷的能干，好吧，随他办吧；有人办事就好，他自己只会想象。

房租好，虎爷买了两把椅子，因为椅子都被人抢去。桌子就用板子支搭，用不着买。厨房的东西一点不缺，搬过去马上可以做饭。就剩了搬运。天赐的脸白起来，泪在眼中转；这真得离开家了！就剩了那么点点东西！他舍不得那两株海棠，舍不得那个后院——练镖耍刀的宝地！不能白天搬，妈妈活着肯白天搬家而只搬着两只空箱与一些碎煤么？妈妈是可爱的，那些规矩是可爱的，妈若是活着，不会落到这步田地，不会！就是爸活着也不能这么四大皆空。他曾反抗妈，轻看爸；如今，他自己就是这样！他不许虎爷白天搬运，等太阳落了再说，反正东西不多。他不怕别的，还不怕云社的人看见么？

虎爷不听这一套。“你不用管好了，我们俩搬；你看看门横是行了吧？”

天赐独自看守大门，不能再闹玄虚了，这是真事！他恨他自己，什么本事也没有，连点力气都没有，到底是干什么的呢？只会玩，只会花钱，只懂得一点排场，当得了什么呢？他应当受苦，他没的怨。

不大会儿虎爷夫妇已把东西运完，看房的也来到，该走了。天赐不肯迈那个门坎，这一步便把他的过去与将来切开，他知道。十九年的生活舒适饱暖，门坎的外边是另一个世界。他不肯哭，可是泪不由得落下来。他瘫软在那里。虎爷也红了眼圈，一把扯住天赐，连拉连扯地走了出去。他们都不敢回头，门洞中两块石墩有什么样的黑点都清清楚楚地在他们心里。

虎爷租的三间屋是西房，院中大小一共七家儿，孩子有三十来个。最阔的是邮差，多数是做小买卖的，还有一家拉车的。炉子都在院里，孩子都在院里，院里似乎永没有扫过。三间西屋的进深非常地小，要是摆上张大八仙桌便谁也不用转身。虎爷用木板支了张长案，正合适。进深小，可是顶子高，因为没有顶棚。墙上到处画着臭虫血。天赐住北边那间，虎爷们住南间，当中做厨房。

天赐受不了这个。窗户上的纸满是窟窿，一个窟窿有一只或两只眼看着他，大概院中的孩子们有一半都在这儿参观呢。“扁脑勺儿。”“还穿着孝呢。”大家观察着报告着。虎爷已经很累，倒在床上睡了，好像这三间屋子非常可爱似的。天赐也倒在床上，看着屋顶的黑木椽，椽上挂着不少尘穗。他睡不着。想到在云社的人们家里集会，作诗，用小盅吃茶，他要惭愧死。

虎爷醒了，出去买吃食。他们夫妇吃窝窝头，单给天赐买了三个馒头。菜就是炒咸菜。天赐看见单给他买馒头，生了气。“为什么看不起我呢？我能吃粗的！”

“好吧，以后不再给你单买。”

天赐放在口中一块窝窝头：“好吃；这不跟十六里铺那饼子是一样的面吗？很可以吃。”

“吃过三天来就不这么说了，”虎爷还把馒头送在天赐的手下，“说，咱们干什么呢？”

“咱们？”天赐又要施展天才。

“别胡扯，说真的！”虎爷迎头下了警告。

“真的？我没主意。”

“咱们这儿还有一百多，做个小买卖怎样？”

“叫我上街去吆喝？”天赐不觉地拿起馒头来。

“我吆喝，你管账，摆个果摊子；我会上市。”

“叫我在街上站着？”

“还能在屋里？”

“我不干！”天赐不能在街上站着卖东西，“我会写会作，我去谋事，至少当个书记。”

“哪儿找去？”

天赐不晓得。“要是饿死的话，我是头一个，我看出来了。”

“实话！”虎爷一点也不客气，“你是少爷，少爷就是废物，告诉你吧。”

天赐没法儿反抗，他真是废物。他那个阶级只出小官，小商人，和小废物。他怕虎爷生气，虎爷是唯一的，也是最好的朋友。把虎爷再得罪了，他大概真有饿死的危险。他答应了，做小买卖吧，谁叫他自己没主意呢。既答应了这个，他又会思想了；他就怕没主意，一旦有了主意——不管是谁的——他会细细地琢磨。他会设身处地地推想。只要他走入了一条道，他便落了实；行侠作义，作诗人，当才子，卖果子，都有趣味。趣味使他忘了排场与身份，这是玩。他想开了：老黑铺子北边就不错，那里短一个果子摊，而且避风；赶上有暴雨，还可以把东西存在老黑那里。想起这个，便想起“蜜蜂”，应该看看她去，她也是老朋友。

吃过了饭，他立在屋门口看着街坊们。他觉得这群人都也有趣，他们将变成他的朋友，他也要做小买卖了。他们都没有规矩，说话声音很高，随便跟孩子瞪眼，可是也很和气，都向他点点头，让他屋里坐，连妇女也这样。他们吃饭就在院里，高声地谈他们自己的事：什么使出张假钱票，什么蒙了个五岁的娃娃，他们都毫不羞愧的，甚至于是得意的，说着。天赐很容易想出来：城里的都是骗子，钱多的大骗，钱少的小骗，钱是一切。只有一个真人好人，据他看，纪老者。纪老者不骗人。他想起纪妈，她还进城来不呢？

虎爷没工夫管邻人们，他忙着筹备一切。天赐插不上手，只会出些似乎有用又似乎没用的计划，他想象着由果摊就能变成个果局子，虎爷做掌柜，他还可以去作诗。他得把摊子整理得顶美观，有西瓜的时候得标上红签，用魏碑的字体写上“进贡蜜瓜”。他得起个字号，“冷香斋”！诗人的果摊！他非常得意。

正是四月天气，市上没有多少果子。虎爷打了两“炮”樱桃、一些萧梨、香蕉和青杏；配上点花纸的糖，红盒的葡萄干，也倒还像个摊子。天赐主张把青杏摆在小碟子上，盖上菠菜叶。虎爷没那个心肠。虎爷大概地把货物摆上，天赐看不上眼。等虎爷家去吃饭，他把筐上的竹箍扯下来，削成细签。然后重新摆弄果子，摆成塔和各种堆儿，果子不服从命令要滚，便用竹签互相地插上，仿佛做豆细工似的。梨上还插上个红樱桃，颇为美观。

虎爷回来差点气疯了："把梨都插烂了，你是怎回事呢？你？"天赐不再管了，偷了点钱，去买了几本小书，坐在摊后，他细心地读念，称呼自己为隐士。他是姜太公，有朝一日必有明君来访，便做宰相。可是赶上他独自看摊子的时候，来了买主，他很会要价，该要一毛的，他要四毛，人们不还价就拉倒，要是还一毛五就多赚着五分。这是他从院中的邻居们学来的，他以为这很对。大家既都是骗子，做小买卖的吃了前顿没有后顿，便更应当骗，骗得合理。爸有好多钱还想再赚，白了胡子还一天到晚计算，何况只摆个果摊呢。高兴的时候，他很会讲话，拿出他说故事的本领，运用着想象，他能把买果子的说得直咽唾沫，非马上吃个梨不可。他的梨治一切的病："老太太，拿上一堆，一堆才十五个，专压咳嗽！看这小梨，颜色是颜色，味道是味道。先尝一个，买不买不要紧。我拉个主顾！地道北山香白梨。"老太太不为自己吃，是给孩子们买。他登时改了口："小孩吃这个顶好了，专消食化水。"老头儿，小伙子，大姑娘，都必吃他的梨；他的梨连猩红热都能治。说着说着，他自己也真信了他的话，他也得吃一个，因为觉得有点头疼。吃完一个果子，顺手打开一盒葡萄干，看着书，随便地捏着吃。赶上他不高兴，什么都是一毛钱一堆，拿吧。遇上老黑的孩子们从这儿过，果子是可以随便拿的。孩子们专会等虎爷不在摊上由这儿过。有时候被虎爷看见，天赐会说："我给他们记着账呢！"

由孩子们的口中，他知道"蜜蜂"已出嫁，两个大男孩已在铺中帮老黑的忙。现在这一群是后起之秀；老黑自己也不准知道自己有多少孩子了。“蜜蜂”出嫁，嫁了个纸铺的伙计。天赐心中有点不得劲，拿了两包糖给孩子们：“给蜜蜂送去！”

二十四　狗长犄角

在杂院中，天赐明白了许多事儿。邮差住着北屋，身份最高，不大爱理人，早晚低着头出入，好像心中老盘算门牌的号数。几个做小买卖的是朋友；虎爷既也做买卖，所以他们对他很亲热，彼此交换着知识，也有时候吵起来，吵完便拉倒，谁也不大记着谁。拉车的身份最低，可是谁也不敢惹他，他喝俩钱的酒，随便可以拼命。大家对天赐显着客气，都管他叫“先生”。他越对他们表示好感，他们越客气。他身上有股与他们不同的味儿，仿佛是。妇女们看他在院中便不好意思赤了背。他学着说他们的话，讨论他们的事，用他们的方法做事，用他们的推理断事；他到底是他，他们不承认他是同类。他们的买卖方法不尽诚实，他们得意自己的狡猾，可是他们彼此之间非常像朋友。为一个小钱的事可以打起来；及至到了真有困难，大家不肯袖手旁观，他们有义气。他们很脏，不安静，常打孩子。天赐看出来，这些只是因为他们没有钱，并不是天生来的脏乱。他们都有力量，有心路，有责任心，他们那么多小孩都是宝贝，虽然常打。他不如他们，没力量，没主意，会乱想。他们懂得的事都是和生活有密切关系的，远一点的事一概不懂。他们是被一种什么势力给捆绑着，没工夫管闲事。手抓来的送到口中去。他可怜他们，同时知道自己的没用。他们管他叫"先生"，是尊敬，还是嘲笑呢？他不能决定。

他想郑重地帮助虎爷，他必须变成他们中的一个。端阳节到了，虎爷红着心做一笔生意，除了果品，还添上粽子，连月牙太太也忙起来，她得管洗米，泡枣，煮叶和包粽子。买卖确是不错，天赐高兴起来，把书本放下，一天盯在摊子上。他的脸色红起来，吃饭也很香，力量也长了。他觉出自己有了真本事。邻人们都称赞着："先生有点劲头了！"他不爱这个"先生"，而暗喜自己长了力量。节前，东屋老田夫妇打起来，他过去拉劝，为是试试自己的力气；被田家夫妇把他揍在底下；架打完了，他还在地上趴着呢。大家都觉得对不起"先生"，而"先生"也承认了自己是"先生"。

节下的前一天，街上异常热闹。虎爷在太阳出来以前就由市上回来，挑着樱桃桑葚红杏。月牙太太包了半夜的粽子。天赐也早早起来，预备赶节。满街都是买卖的味儿，钱锈与肉味腻腻地塞住了空中。在这个空气里，天赐忘了一切，只顾得做买卖，大家怎么玩，他会跟着起哄的。他头上出着汗，小褂解开纽，手和腕上一市八街的全是黑桑葚的紫汁，鼻子上落着个苍蝇。他是有声有色地做着买卖，收进毛票掖在腰带上，铜子哗啦啦地往笸箩里扔，嘴里嚼着口香蕉。稍微有点空儿，便对着壶嘴灌一气水，手叉在腰间，扯着细嗓："这边都贱哪，黑白桑葚来大樱桃！"他是和对过的摊子打对仗："这边八分，别买那一毛的，嗨！"虎爷是越忙越话少，而且常算错了账："又他妈的多找出二分！"天赐收过来："那没关系，我的伙计，明儿个咱们吃肉！哎，老太太要樱桃，准斤十六两，没错！"正在这么个工夫，他一回头，狄文瑛在摊旁站着呢。她还那么细瘦，眉弯弯的，稳重。她没向他点头，也没笑，就那么看了他一眼，不慌而很快地走开。

天赐木在了那块，忘了他是做买卖，他恨做买卖！一声没出，扣上他三毛钱的草帽，走了。

走了一天，到落太阳才回来。

虎爷恨不能吃了他："你上哪儿啦？！"

他不出声，戴着草帽收拾东西，皱着眉头。

第二天是节下，他告诉虎爷他歇工。

"你歇工？我揍出你的粪来！你怎回事呀？"

"不怎回事，做买卖没我！"

月牙太太怕二人吵起来，"得了，帮帮忙吧，明天再歇工；不卖今天卖几几个？！瞧我了！"

天赐的心软了："好吧，就帮今个一天！"

"你简直不是玩意儿！"虎爷是真着急。

"别说啦，走吧！"虎太太给调解着。

过了十点钟，应节的东西已卖得差不离，天赐想起肉："虎爷，收了吧；下半天有买卖吗？家去吃肉。"

虎爷答应了，他以为天赐是想起往年过节的风光；钱已卖满笸箩，虎爷也会体恤人。

"真想给纪妈送点东西去！"天赐一边收拾，一边念叨。

"过了节的。家里的该住两天娘家，你送她去，就手看纪妈。我也歇两天，反正现在也没什么可卖的。节后得添酸梅汤了，是不是？"

正这么一边收摊，一边闲扯，摊前过去个人，高身量，大眼睛，小黑胡子，提着两个点心匣子。他看了天赐一眼，天赐也看了他一眼，觉得面熟。他可是走过去了。走出没有多远，他又回来了，站在摊旁看着虎爷。虎爷以为他是买东西的，拿出收摊子不再伺候的劲儿，不去招呼。

"你是虎爷吧，我的银儿？"高个子说。

"什么？王老师？！"他们一齐地跳起来，"留了胡子？！"

"可不是我！"大眼睛瞪圆了，拉了拉袖子，"哪儿都找到了，找不着你们。福隆没了，别的买卖倒了，房子别人住着，听说老头老太太都过去了。怎么回事儿？怎么回事儿？"他俩争着要说，谁也不再顾得收拾东西。

“这儿不行，走，吃饭去，我请；不请你们是个屌！”王老师先起下了誓。

“也得等把东西收起去？”虎爷说。

“也得家去告诉虎太太一声儿去？”天赐说。

“怎么？虎太太？有小老虎没有呢？快收，虎爷你收，天赐你家去言语一声，咱们在外边吃；回来再看虎太太去。”

天赐向来没跑这么快过，摔跟头也不怕，因为不怕也就没摔。到了家，在窗外只说了：“王老师请吃饭！”磨头就往回跑。

虎爷已把东西寄放在老黑那里。王老师的点心本是给牛老者买的，也暂放在那里。三人去找饭馆，节下都歇灶，只有家羊肉馆照常营业。

“将就了吧，”王老师领路，“改天再请吃好的。”

王老师一定请他们点菜，怎说也不行，非点不可，他们是真点不上来；王老师喊得和打架一样。他们胡乱地要了俩，王老师又给补上了八个。然后问他喝什么酒。天赐不会喝，虎爷也没多大量。王老师自己要白干，给他们要了点黄酒。

“一晃几十几年，嘿！”王老师看着天赐，“在街上不敢认，不敢认！虎爷也改了样，可是还能认得出。我自己也老多了，老多了！”他抹了抹黑胡子。

王宝斋确是老了些，可是还那么精神；脸上胖了些，配上小黑胡子，很像个大掌柜的。他发了财。拿着牛老者的一千块钱，他上了天津，也不短到上海。他什么都干，只要赚钱他就干。他私运东洋货，偶尔也带点烟土，受朋友的托咐也代销赃货。可是他也越来越厚道，对于朋友。拿黑心赚钱，可是用真心交友，到处他是字号人物。他始终没忘了牛老者。要不是那一千块钱，他无论如何也倒不过手来。那一千块钱，加上他自己的运气，他就跳腾起来。这次，他特意来看牛老者。他不能把那点钱汇来，他得亲自送上，牛老者对他有恩。

他问天赐的事。天赐像说故事似的述说了一遍，虎爷随时加上点短而确当的补充材料。王老师一面让他们吃菜，一面给他们想主意："卖果子不像回事呀！"

他以为源成是连根烂了，那俩买卖也无从恢复；那两所房还能弄回来。可是也有困难，既是押出去当然有年限，就是马上有钱赎也不行。再说，赎回来也没用："俩卖果子的住两所大房，不像话！你们可别多心，咱们是老朋友！吃菜！"只有一条好办法，干脆把房子出了手：要是典主愿意再出点钱呢，一刀两断，房子便归了他。他要是不愿意呢，或是找钱太少呢，就另卖。这自然很麻烦，因为契纸没在天赐手里。可是也有办法，王老师有办法；非打官司不可呢，也只好打它一场。王老师去给办，他现在眼皮子很宽，他有人有钱，官司打输了——就打算是输了——也得争这口气。

"一卖，本家又来呢？"虎爷问。

"都把他们锁到衙门去，"王老师的脸已喝红，一劲儿扯袖子，"衙门里咱有人，军队里咱有人，好虎爷的话，咱王宝斋为朋友不能含糊了！老山东有个牛劲！”

吃过了饭，王老师的小褂湿得像水洗了的，擦了五把手巾。“你们上哪儿？”他们没地方去。“这么着吧，干你们的去，咱们明天不见后天见。我去看几个朋友。要找我的话，南街南头万来栈。那两匣点心，你们拿家去，我就不到老黑那里去了。先替我问虎太太好！你们住在哪儿？”

天赐借笔给老师写下住址。老师已是五十多的人，眼已有点花，掏出大水晶墨镜看了看：“我说你有聪明，看这笔字，我要不给你找个文墨事儿做，我是个屌！”他开发了饭账，要手给了虎爷十块一张的票子：“给虎太太买点什么吃。”

天赐们回了家。吃得过于饱，在道上就发了困；躺在床上，可又睡不着，他想着王老师。起来，得和虎爷谈谈：“虎爷，老师真能给找个事吗？”

“哪摸准儿去！”虎爷也困眼蒙胧的，“给她，一给十块；没我的事！”虎爷已把十块钱给了月牙太太，他不能扣下她的。

“要是找着事，咱们可就不用做买卖了？”

“八字还没有一撇，先别闹油！”

“咱们先来包小叶喝喝，横是行了吧？”

“那倒行，我也怪渴的，烧羊肉太咸了！”

月牙太太的月牙更斜了，她张罗给买小叶去，她有了十块钱，袋里藏着呢。

“你要是把那十块钱丢了，不把你打成小叶，你踢着我走！

放下！”

月牙太太把票子给了天赐，“你给我拿着，我得先做件褂子，看我这件，看！”

“你们是一路货！”虎爷下了总评语。

“我要是做了官，虎太太，”天赐故意地气虎爷，“给你做件纱的！”

喝过了茶，二人全睡了。虎爷鼻子眼上爬着三个苍蝇，他利用打呼的力量把它们吹了走，而后又吸回来。天赐床上的臭虫为是过节，白天就出来了，他会用脊背蹭，把臭虫碾碎。他们睡去，虎太太由天赐的袋中掏出票子来，上了街，去买布——三个人一人一件大褂料，她并不自私。

等了两天，王宝斋没露面。天赐吃不住劲儿了。可又不好意思找老师去。就是去也得买点礼物，这是规矩。跟虎爷商议。虎爷也怕王老师鲇溜了，可是反对送礼。天赐是非带着礼物不去。折中的办法是把卖剩下的果子挑好的装一筐，二人都同意。到了万来栈，王老师还没走，可是出去了，不一定什么时候回来。天赐稍微放点心。

第五天头上，栈里的伙计找他们，说王先生在五福居等着他们呢。二位都穿上新大褂，连虎爷也不抱怨月牙太太了，新大褂到底是体面。

五福居是云城最出名的饭馆，有几样拿手菜，苍蝇特别地多，老鼠白天就在地上跑。五福居发财都仗着这苍蝇与老鼠，不准打；一打它们，买卖准出毛病。

王老师在间雅座里看苍蝇们彼此对追玩呢。“来了，伙计们？坐，宽了大褂！我说，我已经定了几个菜，你们还要什么。客气是个屌！”王老师的真诚是随时用起誓封起来的。

酒饭吃个不离，王宝斋开始报告：“房子还是归了典主，这省点事，虽然伤耗俩钱儿。两所房按现在的市价，值五千五，卖不上六千，云城穷啊！押了三千，总算他妈的会押；现在人家愿再找一千五。一千五就一千五吧，咱们不是等着钱使？这算是停妥了，只等你去画押，天赐。这有了一千五，是不是？吃菜！我呢，欠牛老者一千，他连利钱也没要过，好银儿！一年按一分利算，我就欠着你，天赐，连本带利两千多，是不是？喝一盅！我不多还，也不少，还你二千五，行不行？算在一块儿，这是四千。”王老师喘了口气，把一小碟菜扒拉在嘴里，“这四千，我可不能交给你，你不用瞪眼；吃菜！我想好：给虎爷五百，开个小果局子。”

“哼，先摆着摊子好。”虎爷说得很不响亮，因为嘴里堵着一口菜，“买果子的里里外外，我还没全摸着门；拿摊子试手也好。再说呢，一个大摊子并不比小局子的买卖小。”

“不管你怎样吧，反正给你留下五百，兑给个铺子，哪时用哪时取。合着咱们还有三千五。天赐你有聪明，我想了，你应当念书去。跟我上北平，到那儿我把你安置好，你上你的学，我去干我的。钱，我给你存在银行里，一年取五百，四年是二千。这二千存活账，那一千五存长期四年，毕了业好手里有俩钱。钱是你的，花多少可得由着我；一年五百足足地够了。是这么着不是？”

天赐的心要跳出来，北平！上学！一年五百！可是，“我连中学都没上。”

“那没关系！”王老师瞪着眼，“没关系。我虽不懂学校的事儿，可是常来来往往，常有人托我办这路事。北平有卖文凭的地方，买一张中学文凭。前些日子我还替孙营长的少爷买过一张。买了文凭就去报考，只要你交钱，准考得上。咱们熬个资格，你有聪明！做买卖你不行，天生来的文墨气儿，是不是？”

“咱们什么时候走呢？”天赐的心已飞出去。

“过两天，听我的信儿。”

“把虎爷搁在这儿？”天赐舍不得虎爷。

“你带着他干吗？放假的时候不会来看他吗？”

吃过饭，大家又分了手，天赐的鼻子又卷起多高来。虎爷家去整理天赐的铺盖，天赐和他要了几块钱在街上转转，得置办点衣裳。

小摊上有身白布洋服，长短合适，只是肥着些，天赐花了两块钱买下。又买了条东洋领子，一条花蛇皮似的领带，运回家来。叫月牙太太给他浆洗了，他把裤子趁着潮劲放在褥子底下，躺在床上压了半天。一边躺着一边盘算：还得买汗衫、皮带、皮鞋、洋袜……还得要钱。

虎爷又给了他十五块钱。他不赞成这鬼子衣裳，可是天赐就要走了，不能再勒着他。二十年的工夫，看他长大的，虎爷心里很难过，不能还不往外掏钱。

置买齐全，天赐上了装。白洋服像莲蓬篓，不抱着腰，而专管和袖子磨擦。领子大着一号，帽子后边空着一指，无风自转。裤腿短点，露着细腿腕，一挺胸就揪上一大块来。皮鞋可是很响，花领带也精神。虎爷说："真够洋味，狗长犄角！"全院的精神也为之一振，"先生"发了洋财，孩子们向他嘀哩嘟噜，作为是说洋话。天赐要笑又不好笑，把手放在裤袋里，心中茫然。

虎爷送他们上车，给天赐买了盒避瘟散，怕他晕车。火车一动，他的泪落下来。天赐平地被条大蛇背了走。直到车没了影，虎爷还在那儿立着呢。

天赐后来成了名，自会有人给他作传——不必是一本——述说后来的事。这本传可是个基础的，这是要明白他的一个小钥匙。自生下到二十岁的生活都在这里。我们可还是不晓得他的生身父母是谁；大概他的父，也许他的母，是有点天才的。以上所记的很可以证实这一点。聪明是天生带来的，至于将来他怎样用他的聪明，这里已给了个暗示。这是个小资产阶级的小英雄怎样养成的传记。

我怎样写《牛天赐传》

老舍

《牛天赐传》，就是和我自己的其他作品比较起来，也没有什么可吹的地方。一篇东西的好坏，有许多使它好或使它坏的原因。在这许多原因里，作家当时的生活情形是很要紧的。《牛天赐传》吃亏在这个上不少。我记得，这本东西是在一九三四年三月廿三日动笔的，可是直到七月四日才写成两万多字。三个多月的工夫只写了这么点点，原因是在学校到六月尾才能放暑假，没有充足的工夫天天接着写。在我的经验里，我觉得今天写十来个字，明天再写十来个字，碰巧了隔一个星期再写十来个字，是最要命的事。这是向诗神伸手乞要小钱，不是创作。

七月四日以后，写得快了；七月十九日已有了五万多字。忽然快起来，因为已经放了暑假。八月十号，我的日记上记着：

“《牛天赐传》写完，匆匆赶出，无一是处！”单是快，也还好。还有别的不得劲的事呢：自从一入七月门，济南就热起，那年简直热得出奇；那就是我“避暑床下”的那一回。早晨一睁眼，屋里——是屋里——就九十多度[1]！小孩拒绝吃奶，专门哭号；大人不肯吃饭，立志喝水！可是我得赶文章，昏昏忽忽，半睡半醒，左手挥扇与打苍蝇，右手握笔疾写，汗顺着指背流到纸上。写累了，想走一走，可不敢出去，院里的墙能把人身炙得像叉烧肉——那廿多天里，每天街上都热死行人！屋里到底强得多，忍着吧。自然，要是有个电扇，再有个冰箱，一定也能稍好一些。可是我的财力还离购置电扇与冰箱太远。一连十五天，我没敢出街门。要说在这个样的暑天里，能写出怪象回事儿的文章，我都有点不信。

天气是那么热，心里还有不痛快的事呢。我在老早就想放弃教书匠的生活，到这一年我得到了辞职的机会。六月廿九日我下了决心，就不再管学校里的事。不久，朋友们知道了我这点决定，信来了不少。在上海的朋友劝我到上海去，爽性以写作为业。在别处教书的朋友呢，劝我还是多少教点书，并且热心的给介绍事。我心中有点乱，乱就不痛快。辞事容易找事难，机会似乎不可都错过了。另一方面呢，且硬试试职业写家的味儿，倒也合脾味。生活，创作，二者在心中大战三百几十回合。寸心已成

1 九十多度：指的是华氏度。

战场，可还要假装没事似的写《牛天赐传》，动中有静，好不容易。结果，我拒绝了好几位朋友的善意，决定到上海去看看。八月十九日动了身。在动身以前，必须写完《牛天赐传》，不然心中就老存着块病。这又是非快写不可的促动力。

热，乱，慌，是我写《牛天赐传》时生活情形的最合适的三个形容字。这三个字似乎都与创作时所需要的条件不大相合。“牛天赐”产生的时候不对，八字根本不够格局！

此外，还另有些使它不高明的原因。第一个是文字上的限制。它是《论语》半月刊的特约长篇，所以必须幽默一些。幽默与伟大不是不能相容的，我不必为幽默而感到不安；《吉诃德先生传》等名著译成中文也并没招出什么“打倒”来。我的困难是每一期只要四五千字，既要顾到故事的连续，又须处处轻松招笑。为达到此目的，我只好抱住幽默死啃；不用说，死啃幽默总会有失去幽默的时候；到了幽默论斤卖的地步，讨厌是必不可免的。我的困难至此乃成为毛病。艺术作品最忌用不正当的手段取得效果，故意招笑与无病呻吟的罪过原是一样的。

每期只要四五千字，所以书中每个人，每件事，都不许信其自然的发展。设若一段之中我只详细的描写一个景或一个人，无疑的便会失去故事的趣味。我得使每期不落空，处处有些玩艺。因此，一期一期的读，它倒也怪热闹；乃至把全书一气读完，它可就显出紧促慌乱，缺乏深厚的味道了。

书中的主人公——按老话儿说，应当叫作“书胆”——是个小孩儿。一点点的小孩儿没有什么思想，意志，与行为。这样的英雄全仗着别人来捧场，所以在最前的几章里我几乎有点和个小孩子开玩笑的嫌疑了。其实呢，我对小孩子是非常感觉趣味，而且最有同情心的。我的脾气是这样：不轻易交朋友，但是只要我看谁够个朋友，便完全以朋友相待。至于对小孩子，我就一律的看待，小孩子都可爱。世界上有千千万万的受压迫的人，其中的每一个都值得我们替他呼冤，代他想方法。可是小孩子就更可怜，不但是无衣无食的，就是那打扮得马褂帽头像小老头的也可怜。牛天赐是属于后者的，因为我要写得幽默，就不能拿个顶穷苦的孩子作书胆——那样便成了悲剧。自然，我也明知道照我那么写一定会有危险的——幽默一放手便会成为瞎胡闹与开玩笑。于此，我至今还觉得怪对不起牛天赐的！

就在这儿附带声明一下吧。前些日子，我与赵少侯兄商议好，合写“天书代存”——用书信体写《牛天赐续传》。可是，这个暑假里，我俩的事情大概要有些变动，说不定也许不能再在一块儿了。合写一个长篇而不能常常见面商议就未免太困难了，所以我俩打了退堂鼓，虽然每人已经写了几千字。事实所迫，我们俩只好向牛天赐与喜爱他的人们道歉了！以后也许由我，也许由少侯兄，单独地去写；不过这是后话，顶好不提了。

1936

天书代存

《天书代存》是老舍与赵少侯在 1936 年于青岛合写的《牛天赐传》续篇，未完成。发表于 1937 年 1 月 18 日至 3 月 29 日《北平晨报》。

老舍序

得一字一字的说明这四个字：天一书一代一存。“天”代表牛天赐。“书”是书信的书。“代”当代替讲，即狗拿老鼠多管闲事之意。“存”就是胡适文存的存。这么一解释，再把它们加在一起，就颇像个书名，而且是个很不坏的书名。“天书代存”，念起来声音很响：“天书”又满有“推背图”“烧饼歌”等字样所带着的神秘，而“代存”也和“亲善”一样有点鬼鬼祟祟，正自迎时当令。起个书名，有时候比写一大本书还难，特别是在这事事需要漂亮广告的时代。“天书代存”无疑的是个好书名，那么，它的内容如何，几乎可以不必过问了。这是个值得高兴的事。

不过，到底得说说它的内容，一来表示著者——或编订者——有相当的诚实，二来为是好往下写这篇序。

《牛天赐传》在论语上登完，陶亢德先生邀我继续往下写，作为《宇宙风》的特约长篇。我很愿意写，并非因为《牛天赐传》有什么惊天动地的地方，也非我对于传记文字特别有拿手，而是为每月进一些稿费。可是，我找不出工夫来写。人虽为稿费而生，但时间捆着我的手，我没法用根草绳把太阳拴住，如放风筝然。

有一天，我就跟赵少侯兄这么一发牢骚。敢情他有主意。

他原来也是个崇拜牛天赐的，知道的事儿——关于牛天赐的——并不比我少。马上我们有了主意，合作好了。二人各就所知，把事实都搬出来，然后穿贯在一处，岂不只等提起笔来刷刷的一写。可是继而一想，谁去刷刷的一写呢？我忙，他没工夫，怎办？一人写一段又不大像话，因为无论我们把事实排列得怎样详密，文字到底是自己的；“风格即人”，我们不能因为要稿费而甘心变成矿物或植物，把“人”字撇开不管。我们不能。这几乎使我们要说：说点别的吧！

少侯兄又有了主意：“你手里存着有牛天赐的信没有？”

“有些封；干吗？”我以为他要买我的呢。

“你看，我也有好些封，”他说，“而且存着些与他有关系的人的信。”

“还没听说开个铺子，专卖信件的！”我很不客气。

“你听着！”大概他是想好了主意。“把你我所存着的信都放在一处，然后按着年月的先后与信里的事实排列一番，就这么原封儿发表，既省得咱们动笔，又是一部很好的材料。假若将来有别人给他写传，还没法不利用这些封信。咱俩合编，报酬平分，怎样？”

我愿意，我一向以为既能省事又能得钱的办法是最好的办法。可是，“你存的比我多，当然搜集时所费的事也比我多，报酬似乎不应当平分，”这只是为显着我公道大方，完全没有诚意。

“可是牛天赐的第一部传记是你写的，你至少可以说你使这些封信增高了价值，虽然它们原来就有价值。还是平分。”

我不便再说什么，怕作过了火。可是我又想起来个问题：“咱们替他发表，他，牛天赐，要是不答应呢？”

“管他呢！”少侯兄很有把握似的：“咱俩揍他一个，还有什么可怕的，假若他一定找揍的话。”

“武力就是正义，”我完全赞同他的意见。不幸，牛天赐而找《宇宙风》的编辑先生去捣蛋，我想我们俩是能长期抵抗的，因为我们现在是精诚团结，拥护稿费的。

最后，编订那些信也需要些时间。可是我们相信在暑假前无论如何能竣事；现在顶好先预支些发表费——不过，这是我俩与编辑先生之间的私事了。

少侯序

《天书代存》是老舍兄和我在青岛时合作的小玩艺儿。孩子没下地，就有人预备抱去抚养，并且已订好了条件。可是等孩子下了地，老舍兄越看他越不顺眼，便拿定主意不让他成人。那时虽然《宇宙风》已准备好了小床和保姆一再的催索，但是老舍兄老嫌他长的不是样，不愿他到上海去现眼。前两个月老舍来平，把这个孩子装在皮包里带到北平来了。他说："这个孩子天生与我没缘，处死他吧，我下不去手。过继给你吧，你愿意抚养他成人也吧，你愿意他老这么干干儿着，也由你。"

我接过来仔细看了看，孩子虽不怎么好看，却也不算太丑八怪。老舍是看惯了俊模样的小孩儿了，并且这几年来，他总是接二连三的养着克家之子，也难怪他怕此子将来为彼盛名之累。

我决定让这孩子活下去。这年头儿，越是丑八怪，在社会上越吃香。为什么单不让这孩子享天年呢？不过此子将来成圣成贼当然由我负责，如有在外招摇撞骗遗累家声情事，概由鄙人负责，决与老舍无关。也应在此附带声明。

牛天赐致王宝斋函

王老师：

这封信恐怕要很长很乱，应该报告给您的正事与愿对您说说的闲事都很多，我简直不知道先由那里说起好。当我一拿起笔来，我的心中就浮起许多可爱的图画，似乎都值得用心的描写下来。可是及至我想把它们排列好，谁先谁后一丝不乱，我又写不出来了。这些景象像美丽的小鸟，当我想过去捉住一两只的时候，它们就都飞去；飞入一片晴空里，使我痴立茫然！

好吧，我就想到什么写什么吧，趁热打铁，不必管秩序了。

公寓的生活我觉得很不错，谁也不管着谁，而大家又似乎不能不承认是一家人；随着偶然的事件，大家的关系时时变动：这件事使我与他接近一些，那件事又使我与另一位特别的冷淡。这很有趣，因为在动一点感情之后，我常要想出个理由来，不管想得出与否，这使我心中不至静如死水。

经您的托付，老板与老板娘都对我很客气。老板娘的言语是多而漂亮，这么漂亮，使我有点怕她。我常常躺在床上，低声练习她的语法与音调，或者有那么一天我也会使句句话里带有音乐。“您”字就是新学到的一个字，不过还不像在老板娘口中那么好听。

同伴儿们中，我已与个姓马的交得很熟了。他是个很活泼直爽的人，一天到晚老张着大嘴笑。什么事他都觉得好笑，有时使我觉得他是缺乏一些判断力的；不过他确是个可爱的人，因为他好笑，所以他的脸就显着分外的开展。对于这个人，以后再说，现在我对于他的观察还不大充足。

您走后，我就拿着您给买的那张文凭到健美大学去报名。北平的大学是很多的，我所以单选定这一家者，多半是受了那个姓马的影响，他就在健美大学读书。他既是那么快活爱笑，我想他所在的学校也必是足以使人快乐的，所以我就去报名。

报名处的职员对我很客气：这恐怕就是北平所以可爱的一点，到处人们是和蔼客气的。当我还没掏出文凭来，他就笑着问我，似乎为是显着和气："哪儿的人哪？哪个学校毕业呀？"对于第一问，我自然是有把握的；第二问，可把我问住了，我没有注意文凭上写的是哪个学校。急忙掏出文凭来，我临时参考了一下，这使我的耳朵都发起烧来。接过文凭，他看了看，笑着问我："这个学校在哪里？"又把我问住了！我对北平的地名还是那么生疏，临时去想就觉得更少了，仿佛北平的街道都没有名似的。我不能说它是在前门车站，虽然这个地名最先由心中浮上来。心中一难过，我的傻劲上来了，告诉他："这文凭是买来的。"说完，我预备把文凭接过来，到别处去投考，反正此地有的是大学。即使大学不这么方便，反正诚实是个美德，我想。可是，他的态度感动得我几乎落了泪，他还是笑着说："也成！"我赶紧掏出报名费，惟恐他再反悔了。都是新的现洋，他逐一的敲了敲，收起去。然后他让我填表，考那一系。我并不知道要考那一系。他看我迟疑不定，可就又笑了："国文系没有算学！"说也奇怪，他怎么知道我怕算学呢？好吧，我就填上了国文系，心中很高兴。世上的事不像我们所想象的那么难，我所以高兴；但是假若也不像想象的那么容易呢？我不敢细想。

考试了三天，我出了不少的汗。国文卷子我自信作得不坏。历史也将就，虽然有一问是"魏蜀吴的大势"，我抄了不少《三国志演义》。地理交了白卷：江浙的地形如何？山东有何重要的山川？……我没到过，怎能知道呢？再说，即使我生在江或浙，恐怕也不见得有工夫去看地形吧？至于山东的山川，我又不是王老师，管山东的闲事干吗？交了白卷，题目气人！

大前天发了榜，我的名次列得很高，我有点后悔，假如我把您告诉我的那些，什么泰山咧，青岛咧，烟台苹果咧……都写在地理卷子上，还许考第一名呢！

这几天我买了不少的书，没事就翻几页看看。买书的快乐，我以为，就在乎"买"，因为买回来不见得能读，更不见得有一读的价值。把钱换了书，夹在胳膊里，是个无上的快乐，好像把古人或当代名家擒下马来。带回自己的屋中，随便愿意怎么收拾他们都可以。

不大爱西单牌楼，书少，书少的地方便应当清静，好使人有机会思索一切。"西单"老是那么乱，气味声音颜色使人要浮起来，不能自主！东安市场比较好一些，虽然也乱，可是有不少的书，我可以关上耳朵，把精神集中到眼睛上，看我的书，琉璃厂更好，可是我不常去；我不敢动那些比钞票还贵的老书页，怕给扯碎。老书使人的手不敢使劲；使人脸上的血往下降，因为书纸是那些惨白或焦黄；使人的眼睛懒惰——字那么大，用不着打起精神去看。还有呢，老书使我觉得惆怅，徘徊，忘了前进；老时代的智慧仿佛阻止住我自己的思想。琉璃厂像个巨大的古墓，有些鬼气：晚间就更不敢由那儿走了。这也许有点理，也许完全是想象，我不敢说一定了。

您嘱咐我花钱要小心些，我还牢切的记着。可是这个月大概没法不花过了数。投考与入学交费自然是在预算中，等开学后我定有一笔清账寄给您看。现在的几项特别开支，趁着我还没忘，告诉您一声：我作了两身洋服，买了一顶草帽，与一双皮鞋。我原有的那身“什样杂耍”本还能将就；北平这个地方，我看出来，没人对穿着特别讲究的注意，也没人对穿得不好的留神；这是个“大”地方，人们的眼睛好似更有涵蓄，我所以必作新衣者，因脱了那身十样锦，便没的替换。假若我把裤子洗了，就得等着它干了才能出门，时间耗费的未免太多。自然穿着湿裤上街去走，也可以把它吹干的；可是这样总有点像裤子管束着人，而非人管束着裤子。所以决定去裁了两身新的。一身白帆布的，一身鸳鸯哔叽的。所谓鸳鸯哔叽者，是近看发绿，远看又有些紫闪，恍忽迷离，若隐若显，倒也有个意思。两身都不贵，布的十元，哔叽的二十五元。对于草帽，我有了经验，不敢再买硬胎的。这次买的是山东草辫的，高顶软沿，才一块二毛钱，而风格颇富丽。皮鞋八元半，我想一定可以穿三年，因为我走路不很快，不大费鞋。

除了这点较大的开支，我的钱差不多都花在书籍上；这个，就是花多了些，我想您也能原谅我吧？

呕，几乎忘了一笔不小的支出！现在我写这封信用的是真正"派克"笔，十五元半；还有四十多块一支的呢，没敢买。这十五元半的笔已够好使的了，我很怕把它丢了；假如写完此信而把它丢失了，这封信的字就值半分钱一个！我得好好的去学英文或法文，不然简直对不起这支笔！

似乎还有许多的事该写，可是这已够长的了。再说我还得给虎爷写几句呢，好使他放心。附奉投考时所照像片一张，照得很坏，可是愿意请您看看，以便永远想念着您的

亲爱的学生牛天赐

（这是由一本翻译的小说中学来的笔法，用"派克"笔写信也许应当带点洋味吧？希望您不至为这个生气！）

牛天赐致虎爷函

虎爷：

咱们哥儿俩老没见了，很想你。可是，凭良心说，我也有时候没想你。怎么呢？因为我是到了北平。北平，哼，就是跟你说十天也说不完。这儿的一个市场就比咱们的城还大，一点也不瞎吹！初来乍到，我觉得事事处处有趣，所以有时候就忘了你。自然，到我以为该想你的时候，还是想你的。我希望你也别忘了我，就是跟虎太太打架的时候，也想着我而少打她两拳。

我现在已穿上真正合身的洋服，与响得幽雅的皮鞋，设若你看见我，恐怕你也得佩服我的英俊。我住的是公寓，公寓里都是有学问的大学学生。我也考上了大学，秋后开学我就可以学洋文了，也许将来一高兴给你寄封洋信，教你莫名其妙。现在未开学，我利用这个机会到处去逛，连金銮殿也看了，你信不信？我没法把逛过的地方都告诉你，有人要问，你就说他逛过皇宫，大概也就够了。不过，你若想证明一些历史，不论是永庆升平上的，还是施公案上的，自要关乎北平的，我都愿意细细写给你。

王老师已离开北平，他说将来再到云城还要看你们去。

纪妈在哪儿呢？请不忘了她，能帮忙给她找个事作才好。

虎太太若是生了小老虎，请告诉我一声。到八月节，我想应该给你们寄点礼物去，请时常来信提醒我，万一忘记了怪不合适。

给算卦先生一毛钱，寄封回信。我的住址在信封上写着呢。回信写清楚你干什么呢；设若你不告诉我，我可也就不告诉你了！祝你们平安！

牛天赐　启

马大成致储贯一函

贯一：

你不是老抱怨没有新鲜事听见吗？今天可有了新鲜事儿的了。还没起床，我就听说公寓里的五个闲房全住满了人。郭掌柜在我的对面柜房里一劲儿嚷嚷："这不是五个闲房全有了人吗！小三儿就该要叉啦，你让他往东，他偏往西；让他麻力点干活儿，他倒反没影儿啦。跟今年春天一样，跟今年春天一样。"他的哑嗓虽比平时更显着哑，我也不能再睡了。起来先奔里院上了趟茅房；果然，茅房旁边的小屋里也住了一个又白又胖的长头发的南方人。回到外院，从窗外望了望我左隔壁的房，里边也有了人。右隔壁只放着一个三尺来长的瘦小铺盖卷儿，似乎还没有人住；因为住公寓的人至不济也得有个柳条包，那怕是空的，和一两网篮的破纸烂书；我马上断定掌柜的是有点吹牛：至少这间房是还空着呢，那个铺盖卷多半是伙计或厨子的：那么瘦小，外面包着的线毯那么脏，也像是厨子的。可是我回头一看，柜房里比平日多了个人，正中间八仙桌旁的太师椅上端端正正坐着内掌柜的，抽着烟卷，笑眯眯，圆脸上白粉比上半年似乎还厚着一个铜子。我不能不承认公寓里是真的没有一间闲房了。本着我三个学期的经验，我知道内掌柜的不等公寓住满了客是不会觉得有来公寓帮几天忙的必要的。虽然，天知道，她的帮忙是只限于端坐柜房里抽烟卷喝浓茶，但是掌柜的干活就透着有劲，算盘也打的更精，给客人吃的木樨肉本有五条肉丝，就会变成了三条。我们乡里的二大爷哪儿做买卖不是都带着二大娘吗！就为的是这种精神上的帮助。

但是这小铺盖卷儿能有什么样的主人呢？这样不堂皇的铺盖卷儿能有体面的主人吗？公寓里上半年已丢过两次东西了。以后这类事恐怕不会少了。我少吃了一碗粥，心里只是盘算配把弹簧锁的事。我心急，你知道；我放下筷就预备上柜房托掌柜的找木匠；那知抬头隔着玻璃窗一望，柜房里只剩下内掌柜的，喷着烟必恭必敬的坐着，仿佛云端里的菩萨。先去买锁吧，我拿定了主意。

拿起帽子，我刚要推门这么个工夫，小三儿从二门外喊着进来了："掌柜！掌柜！北屋二号牛先生来了，王掌柜的陪着来。"

北屋二号！不就是我的右隔壁吗？不就是有小铺盖卷儿那屋吗？有多巧！三号住着"马"，二号就会来个"牛"！

我赌气不走了。我倒要看看这牛是怎样一匹牛。我隔着玻璃窗一望。院子里站着一位大圆眼睛，黑胡子，高身量老头儿；光着秃头在太阳底下照着，闪闪的发光；一手拿着一把足够一尺二长的油纸折扇，一手提着一串大大小小的纸包，蓝串绸大褂也就刚过膝，两只大脚登着一双地盖天的青缎子皂鞋。一口一声的直嚷："姜柜哪去啦？哪去啦？先把门开开。"

旁边站着一位少爷，不用说，就是牛先生。好样子！我一看差点儿没乐出来。两只胳膊捧着一座山，一座方的圆的扁的长的红的黄的各色各样的包儿盒儿堆成的山。山尖儿上爬着个脑袋，不，爬着半瓣瓢儿。脸什么样？看不见，全埋在纸包堆里了。他用前脑勺扣着山顶上的一个红纸包，大概是怕它掉下来；两只又黑又瘦的手从底下钓着山脚下的一个大扁盒子，一个手指头上还挂着一个墨水瓶。背往前伛偻着，全身都用着力，两只扁脚的尖儿都往上翻着。再有三分钟不开门，这座山就能爆裂而塌在院里。小三儿见死不救，只从地下拾起了一只平顶硬胎的旧草帽，大概是牛爷的。不过看了牛爷这颗头，可又仿佛不该是他的。然而也不能是老头儿的，大秃头上真要扣上这顶小扁帽，就成了橘子上顶橄榄了。牛爷是学生，只能是他的，虽然脑后足可以塞上两个大鸭蛋。

从大门经过门道，越过二门到我住的院子，也有五六十步，并且大门口有三级台阶，从门遭到小院还有往下的三级台阶，这座立着不动都要倒的山怎么移进来的？这使我惊奇而纳闷。更令人不解的是小三，老头儿，两个洋车夫何以不帮着拿点而把所有的东西全堆在牛爷的两条胳膊上？车夫手里提着一个新买的柳条包呢，可让它空着。我揣摸情形，多半是刚一下车，牛爷就先张了臂等着接东西，东西是他的，他不能不管。别人呢，大热的天，谁又愿意拿东西？往他臂上堆吧，便堆成了这座小山。他也没得说的，好人。大概平素就这么受欺侮受惯了的。住在这公寓里，我真替他担着一份心。

掌柜的从里院奔出来了，二号门也开开了，这个工夫老头儿早把折扇夹在腋下，匀出手从袖口里摸出一块蛇皮小毛巾，不住的擦脑门，擦秃头，擦脖子。

郭掌柜和老头儿大半是熟人，那份儿亲热实在超过了一个公寓主人和来客应有的礼貌。郭掌柜握着老头儿的手连那块汗湿透了的蛇皮手巾一齐进了二号。小三从拉车的手里接过了柳条包也进了屋。那座小山？没人管。郭掌柜一个劲儿打脸水拿吊子让老头儿洗脸喝茶；老头儿一个劲儿嚷嚷热；小三儿忙忙的给了车夫钱，上厨房取水去了，车夫接了钱，对那座山笑了笑也走了，那座山只好试着小步往屋里走吧。我难过的是始终没看见牛爷的脸。

啪！从南山坡儿掉下一个包儿。十居八九是把茶壶碎了。那座小山跟着也恍摇了两下，可是一声儿也没出，连“啊哟”这么一声都没有，还是往前走，这种镇静工夫真算可以的，大概强盗上他们家抢东西，他也会一声不响看着他们搬而还加欣赏呢。

屋里那两位可没这么镇静。“别动！别动！”两个人一齐嚷，一齐蹦了出来，隔着两层台阶，真没想到老头儿一急会有这样灵便的身段。也就是一眨眼的工夫，四只胳膊圈住了小山。郭掌柜大声叫小三儿。叫吧，等吧。小三儿在厨房等水开呢。十步远柜房里的郭大奶奶又点上一枝烟，笑眯眯的望着他们。她决不想过来帮一手，掌柜的也决想不起叫她过来。她只是嘱咐掌柜的拢着点西边儿那个小包。

“王老师，再托着点儿我的胳膊吧。”牛爷开始从堆里出了声。微带点颤，仿佛要哭似的嗓子。

小三儿提着壶端着盆来了。他笑着一样一样往里搬，不大的工夫，山去了半座。王老师不再托着牛爷的胳膊，掌柜的不再圈着山。王老师擦了擦汗又让掌柜的进了屋。我看见了半山上歪着的那张脸。不难看，可也绝对不能说好看。世间尽有这种不好看也不难看而不让人讨厌也不让人喜欢，不让人尊敬也不让人轻视的脸，牛爷的脸就属于这一种。两条眉毛稀的出奇，不留神就看不出他有眉毛。眼杪儿虽往下搭拉着，一对小黑眼珠却很有神；大概是眉稀，所以更显着眼珠黑。鼻子不歪，就是尖儿往上翻着点，顶着几颗汗珠。两片薄嘴唇中间露着一排很小很整齐可是很黄的牙。他拧着眉，拧起四条深沟在两眉中间竖着；他眨巴着眼看着小三儿一趟一趟往屋里搬货物，始终一句话不说。不敢说？不屑说？看他两眉中间的四条深沟和上翻着的鼻尖，不像是个很窝囊的人；那末是认定小三儿不会了解他而不屑说了。

这张脸，我一见就觉得是可以和我做朋友的脸。什么缘故？这很难说；人们往往喜爱自己所没有的东西：所以黑人喜爱穿白色的衣服，会讲英文的老觉着法文好听。我之喜欢牛爷，也许是因为我的眉毛特别浓，我的鼻尖朝下而不上翻；也许是他爱皱眉而我爱笑；他会受人侮弄而我会侮弄人。还有一个缘故，说来可笑，是我不知从什么地方看出来，他是个从小娘不爱爹不痛的小可怜儿。这并不是说他的爹娘不疼他，便应当我疼他，不，没有这种意思。不过这种少年往往是饱经患难刻苦有为的少年，最易成为知己朋友的人。这当然是我们的幻想，等将来我和他交熟了再向你报告，可是现在我已决定和他交朋友，过“牛马”生活了。此刻牛爷已拐拐着腿慢慢的走进了他的屋子。我两腿也觉得有点酸，退到藤椅上坐着休息。

隔壁房里的声音可乱的不成样子了。泚，泚，两声，大概是哼鼻涕；哈，扑，是一口粘痰从嘴里喷出来落在地砖上，花郎花郎，息呼息呼，是两手扑郎着水上脸上搓；不用过去看，准是王老师干的这手活儿。“掌柜的，”王老师的声音说，“我们这天赐没出过门儿，父亲刚死，没有娘。年轻小伙儿，什么都没经过；你得多给照应着点。我在北平没多日子，就要走，你多费心吧。”

——是，是，没错儿，你自管万安，不用说有您在头里，就是没您，冲着谁，我们也不敢马虎了，您放心吧。

——隔壁住的是谁？咱们得过去拜见拜见，将来短不了见面儿，好有个照应儿，天赐，走，跟我过去！

没听见天赐回答，我的风门已被人拉开。王老师打头，穿着山东绸小裤褂，后面是掌柜的和牛爷；牛爷走的慢，还没上台阶儿，老头儿已开口了：“这是我的小东家，牛天赐，哟！还没进来！快点儿！这是牛天赐，先生，你老贵姓？……马先生，你老多费心多照应他，他头次出远门，来考大学，任什么不懂。你老费心，费心。你老坐着吧。”

天赐向我鞠了个躬，我也回了个躬。我过去想拉手，他伸出又黑又瘦的左手让我摸了摸，冰凉汗淋淋，我手里仿佛捏着四条小粘鱼。我刚想说话，王老师已退出去了，又上了隔壁房间。

写到这儿，我也该睡了。下次再谈吧。

大成，北平

虎爷致牛天赐函

（拆字人代书，代价一毛五，原书无标点。）

千金家书字奉

牛爷足下台前万福金安

慈颜一别饥渴良深舍间托庇

大小粗安伏惟百事如宜

阖第安康快慰之至也本月三日收获

来字言明在北京安身王老师到云城之便之说但不知何日到云城之便近日天气寒热交加水果买卖甚不好做虎奶奶回乡之便望着纪妈闻知足下高升北京好不惨然细思此次王老师代足下恩重如山足下该好读洋文报答天恩无用记念虎爷虎爷早出晚归一日三餐搬水果摊能以度日果局子一时不能开再者上月老黑喝酒醉与邮差打吵破其头被警士带入拘留所拘留十天始放回家其患无穷乎

此为本地新闻便告附闻东风得便奉求

重珍万千心照不宣不另敬叩

财安

虎爷奉禀

牛天赐致王宝斋函

王老师：

老没写信，因为等着开了学上了课好能多闻多见，写得热闹一点。可是从开学到上课中间隔着很久，我给这起了个名儿——“小暑假”。在这个小暑假里，我没什么可报告的，所以屡想写信而没有写。

小暑假之后，还有个小小暑假：在布告牌上，我看不见别的，横三竖四的全是教员请假条子。多数请的是病假，可怜的先生们！由同学们的态度我看出来，这些请假的先生都是被大家佩服的。有一天我听见两位同学在那儿讲论一位先生：“这个家伙什么也不懂，连请假都不懂！”所以我知道了对请病假的先生们不仅应当觉得可怜，也应当尊敬。假如将来我也去教书，我想我应该常常害点病的；即使学生不佩服我别的，至少他们不能抱怨我不会请假。

现在，先生们差不多都来齐了。不过，上课的时候，每点钟还有个“小不点”的假：八点打铃，先生照例是八点十分或十五分到，安安闲闲地也引起学生们的敬意。我上了这么几天的课，已学会了怎样从容不迫，因为学校里事事都是那么慢条斯理的，使我觉得“紧张”是有害于身心的。

我入的是国文系，但因为这是第一年，所以国文课并不多。英文，社会学，党义，中国史，都是必修的，就占去不少时间；关于国文的只有一年级国文和文学史。一年级国文讲的是桐城派的文章，我一点也不感趣味，可是先生说桐城派的文章是惟一的纯正文学，世界到处都是如此。因此，我也非常重视桐城派，虽然觉得一点意思没有。先生还说，桐城派文章除了文字之美还足以正心见道。我这几天时时在那儿找“道”。第一，我先实行“行不由径”，到学校去，我总是绕着单牌楼走，不肯走小路。那天下雨，在大路上被汽车溅得我满身是泥，我似乎见着了一点点“道”。

文学史也没有趣味：我知道的，先生不讲；先生讲的，我不知道。我只好静坐听着，有时候替先生怪难过的——他必定知道大家不感兴趣而没法不讲下去。不过呢，这门功课还比桐城派的文章强一些，无论它怎么干燥无味，到底它得源源本本的介绍，不像桐城派文章那样篇篇是笔法与道义。我知道，假如再为寻“道”而溅一身泥，我必定会和桐城文章算账的！

最有趣味的是英文。它和中文完全不同：咱们的字是一笔一画，单摆浮搁，把哪一笔安错地方都不行，蛮不讲理。英国字就省事的多，字母儿彼此照应着，像很和睦的邻居似的。一看见字，马上想起声儿来；一想起声，马上也能想起字儿来。不像中国字能把人繁得胡说八道的。我很愿意多学英文，或者将来就转入英文系也未可知。现在我对英文的认识还少，以后再详谈它吧。

对别的几项功课没有什么可说的，我不管他们的好歹，反正我老去静听：有时候虽然在堂上打盹儿，我想这总是我夜间没睡好的关系。说起来也凑巧，每逢上社会学我总是夜间没睡好，必定打盹。教社会学的先生据说是很有名的教授，他的教书方法是这样的：一上堂来就谈大家都知道的每日新闻随口加以批评。他的批评有个特点：就是他所能想到的，大家已经想到；大家所能想到的，他永远没想到。谈到半点多钟，他掀开书，一字一字的读，一种完全客观的读法，这就是说他不加任何解释与意见。等他读到一节的末尾，我也就醒了，很后悔昨夜睡得太晚了！

关于功课与教员方面暂时只报告这一点。

学校的建筑很古老。大门像座衙门，很威严。院里的房屋可是很零散，而且都古老。我们国文系上课多是在一个小跨院里，由大门至跨院，颇多曲折，有曲径通幽之妙。课室是三间北房，有黑板，有些把带扶手的椅子，有半个痰盂，有一张讲桌，此外就是学生教员与尘垢，绝对没有光线；当晴天的时候它是暗室，所以我管它叫作“暗室晴天”。

体育场在校外，左界土道，右邻垃圾堆，中有足球门，篮球筐，没人。我去过一次，到如今还不想再去。我们的运动是以乒乓球著名，据说每年在青年会举行的乒乓球赛总由我们得到锦标。

图书馆中有很多的书，可是我想看的都没有。我只能抱怨自己为什么不检着馆中所有的去借。在这学校里，我老觉得自己所要求的太多，而显出学校的缺欠。以后我应当先为学校设想，或者就不至不满意于学校了。

对于同学，我还没有什么精细的观察。自然不敢有什么批评，也就一时不敢去择定我的朋友。现在比较熟一点的倒是同公寓的几位，虽然他们不都与我同系同年级。那个姓马的——他叫马大成——和我很说得来，常领我出去逛逛。他的第一个好处是心宽，当我对他说学校的缺欠的时候，他总是说“子不嫌母丑”和“天下的老鸦一边儿黑”。按着他的意思，我猜，大概北平的大学还有比健美更古老稀松的呢。这么一想，我心中就透亮了些：无论在哪里读书大概也得靠自己，学校不过是个收费与发文凭的地方。这不但使我心中平静，也觉得自己当努力的用功。

对了，我先报告开学时所交的费用吧：

（一）学费 五十五元

（二）讲义费 十五元

（三）图书借用费 五元

（四）体育费 五元

（五）医药费（注一）五元

（六）注册手续费三元

（七）预收赔偿费（注二）五元

（八）保证金（注三）二十元

（九）学校基金捐（注四）二十元

（十）制服费（注五）八元

（十一）徽章费（注六）五角

注一：还没看见药与医在哪里。

注二：学年终退还，如未毁坏任何器物。

注三：毕业时退还；中途辍学者没收。

注四：只收一次。

注五：每年一次。

注六：只收一次；徽章遗失，随时另行补买。

以上除七，八，九，十，十一，五项外，均须每半年交纳一次。

徽章我已领来，据说有它可以七扣看电影，我已然试验了一次，果然很灵。制服还没发下来，我希望能早点作来，这两天北平已有点凉了，我的鸳鸯哔叽洋服虽然光闪未减，可是有点透着单薄了。

我很希望您匀出点钱来，到北平开一座学校，我想这是个赚钱的买卖，由我的纳费表可以看得出来。教员不难请，学生也容易招，只要有所房子和个有名的人作校长就可以开张的。假若您有意，我想我很可以卖点力气替您办一办的。听您的信儿啦。敬祝钧吉！

受业牛天赐鞠躬

王宝斋答牛天赐函

王老师：

天赐台鉴敬覆者两信都收到甚为放心所谈之事说谎为屌咱不大明白账目则看清学校甚不要脸好在人大学本为文凭花钱不冤无法而已公寓掌柜我之老友有洗洗作作等事可求老板娘为之不必客气如他不管请提王宝斋三字定有灵验东安市场少去为是妇女太多不老妥当如必须去可到东来顺吃羊肉此处无女招待也少女客饭极便宜天已渐凉应买毛衣一件切别受寒自己小心老师托福诸事顺利尚请放心寄来像片甚好当汝胖时再照一张寄来为盼老师爱汝如父爱子好好读书必有出息再写信时新字少用不要绕弯抹角直言为善八月节快到应给虎爷买一匣月饼寄去前门大街正阳斋白糖馅最为地道正阳斋旁有都一处炸三角出名可去吃几个但应留神三角内热汁烫嘴应挠一窟窿再吃谨此恭祝平安

王宝斋敬启

马大成致储贯一函

贯一：

你对于天赐仿佛不十分关切；来书只贺我得了一个新朋友，并没有要多知道些关于天赐的情形的表示。这使我很失望，很失望。

我与他的交情，前后虽只刚够两个月，却已到了我直呼他“天赐”的程度；他于上个月的某晚也开始把“马先生”的称呼取消，而改呼“大成”。

“大成”，他坐在我的床上，皱着眉说，“大成，你一年洗几回澡？”——“一年洗几回？若不是洗澡要花钱，我怕不一天洗一回。”——“那多伤气呀！我除了夏天，总不洗澡，一个夏天也就洗上两三回，饶这么，身子骨儿还是不结实呢。刚到北平的那一天，让王老师拉去洗了一回，足足伤了两个星期的风。”

我不敢笑，我知道他的脾气有时是很大的，尤其是你笑得最合理的时候。不过他的脾气也只是对可以发的人才发。别人尽管讥笑他的扁后脑勺与拐子腿，他决不会发脾气，他只是拧着眉，用黄牙咬着薄嘴唇；他心里也许记恨，但是不发出来。可是既作了他的朋友，在理便不应再讥笑他：如果再讥笑他，他便可以发脾气了。所以拿我这么爱笑的人，竟没敢露出点笑容。他也透着高兴，认为得了个可以随意谈话而不致遭讪笑的朋友。临睡的时候，他要求我明天陪他逛北海。

第二日我整天没出去，当然不全是为等候逛北海，可也有这么点儿意思。天赐仿佛一天也没想起这个，一直到吃完晚饭，他似乎忽然记起来了，把我的屋门拉开一条缝，轻轻叫我准备上北海，他回房去换衣服。

因为他去换衣服，我想起了他新置的洋装。对，我应告诉你，天赐从家乡带上来的那套洋装已换了主人，他把这套云城的杰作送了小三儿。他的脾气，就这点说和我的一样：置了新的，旧的就得给人，不然，老觉得心里蹩得慌。他现在有了两套新的合身的洋服，也可说是四套：因为虽只两套，一套白帆布，一套鸳鸯哔叽，他会换着样儿穿，比方第一天是全身白帆布；第二天便白帆布裤子配哔叽上身；第三天颠倒一下，上身是白帆布而下身是哔叽；第四天则全身是哔叽。我虽劝过他上身的颜色永远应该比下身的深着些，紫绿色的裤子配白的上身，实在叫人看了难受，他却总以为两身衣裳穿出四个花样是个艺术。他得维持他这个根据经济原理的新发明。这一天因为是和我一起出去，他总算表示尊重我的意见，决定穿哔叽上身及白帆布下身——第三种式样。我拿起帽子到他屋里去找他，他正从椅背拿起了鸳鸯哔叽的上身，刷、掸、弹、吹之后，翻过来，里子向外对折拢，往左臂上一甩；不戴帽子，合时；拿梳子把发往后拢了拢，向桌上的小镜子里照了照，“去吧”，他说。

北平真是宝地，就这么几天，已把天赐培养成一个道地的北平的学生了。除了裤钮还常忘了扣，他的洋装竟穿得很够学生派儿了。所缺欠的是，生发膏虽使得不少，他的发总不大听话。梳子的势力只能达到头顶，到了后脑勺边疆的那个直上直下的陡坡，头发就不大肯拐弯直垂下去，而鸭屁股的扎支着。

到了北海前门，他抢着买票。老远的他就举着两张票，离收票的总还隔着二十多步呢。等他把票交到收票的手中，有三起后来的却都抢过去了。不是人家抢先，是他的腿慢。我心想照这样走法，北海大约有三个钟头好逛。荷花早没了，荷叶稀得比天赐的眉毛还稀。蓝汪汪的水里已能映出对岸桥边的一株老柳。云高，水清，荷叶稀少，白塔也就显着特别的白，高，孤寂。桥上靠栏站着一对少年夫妇。正和桥下小船里的两个女子说话。天赐站住不走了。他看看天，看看水，望望桥上的一对，再望望桥下的两个女子。他抬头注视着白塔，举起右手掠了掠头发，嘴唇抿了缝，眉更皱的紧了点。他往前挪了几步，到了水边，低头看看蒲草，一弯腿仿佛要坐下，可又没坐下，多半想起了自己的白帆布裤子禁不起揉搓。他欠身在水中照了照自己的脸。小船里的两个女孩儿忽然大笑。他的脖茎儿紫了，大的疑心她们在笑他的后脑勺。其实她们看不见，看得见他的后脑勺的只有在后面站着的我。

他低头上了桥。一句话不响，走了半天，我们到了漪澜堂。我想坐一坐，看看热闹，但是他不准。他嫌这儿太乱，没有意思，拉着我坐船过“海”。在船上他呆呆的看着远处水面上的一对小水鸭。过了海，这一带茶馆的买卖比对岸还好，我知道还是不能坐，大概还得“逛”。我们像逃难似的逃出了人群，他居然也走得快了些。“大成”，他说，“咱们上濠濮间坐一会儿，回头起那儿就绕回去，怎么样？”

老远的望见濠濮间人还是不少，我的腿不答应我了，汗也钻出了大褂。天赐也显著热了，把衬衫从裤子里抽出来让它飘摇着，又舒服又凉快，这是现代学生最得意的发明，上课堂都有这么去的。我以为他又不坐，走下去了；他却穿过坐满了男女的茶棚，照直奔了柜房。那知柜房后面却有一处很幽静的所在。由弯弯曲曲的石步爬上了一座小山，迎面是个水阁，阁前有一弯水，上面架着汉白玉的九曲桥。站在桥上一望，四面是山坡，也看不见海，也看不见别处的房屋与电灯，就是柜房外面那些喝茶的人也看不见，坡上散摆着几张茶桌，桥上，阁子里都有座儿，可以喝茶。天赐来平不久，北海的路可比我熟的多，特别是这种幽雅清静便于幻想沉思的地方。

他选中了山坡上一张灯光照不着的桌子，给我倒了碗茶，皱着眉瞪着我。我嗑了颗瓜子，不言语，等他的。我没白等。他一会儿睁开眼，一会儿闭着眼，告诉了我们二十年来的历史，眉可老是拧着。虽没有什么惊天动地的奇迹，然而足够年下我和你围炉谈半天的。我和他相处差不多已两个月，却还没见他有一次这样有声有色的说过话；我也决没有想到这样一位质朴的少年却生着一颗极富于情感的心。

他告诉我“蜜蜂”，他初恋的对方，是怎样的美，怎样的动人。“她的双眼”，他用极沉着的声调一字一字的咬着说，“必须在这样有诗意的境界，这样临山傍水的美景，才能想象到，只是想象到，不易说出来……”

水阁背后忽然出了嘤嘤的哭声。天赐张开了眼，我停了嗑瓜子。天赐眼尖。“一男一女，”他轻轻告诉我，“女的在那儿哭，女学生打扮。”

我们谁也不再声响。我心里想象着蜜蜂的眼，天赐闭着眼，翻着鼻尖愣着，像是在用心听那边的动静。

“总是爱情不自由吧，”过了一会儿，天赐掏出钱包对我说，“男的也哭了。让他们哭个痛快，咱们走吧。他们好容易找着这样个背静地方。”

在路上，他一个劲低头走，哔叽上衣还是在左臂上搭着。我劝他穿上，看冻着，晚风凉，他也不理我。到了公寓，他叫伙计开了门，一直奔床上，就躺下了，连“大成，明儿见”照例的话都没说。我半夜一觉睡醒，听见他似乎又起来了，在地下走溜儿。

太阳老高的了，他还没起来。一天也没上我屋里来，也不读英文。不读英文是令我最惊异的。英文是他最感兴趣的学课。没等开学，他就买了本英文无师自通一个人研究上了。一个多月的工夫，生字记了六百多。每天下午一至三，我睡觉，他上英文课，拉着云城腔儿用古文的调子朗朗的读佛印度(Window)，泚爱耳(Clair)，涕爱勃耳（Tailr），那份儿不受听就不用说了。第一次他出声儿读书，我吓了一跳，等到知道是研究英文，我捧了肚子直在床上打滚。可是听惯了也就不大理会，仅能引起我的睡意来。

每天我午觉睡醒，他总过来请教一两个英文字，也不知是真不懂还是考我。“大成，‘印出大哥熊’是什么意思？‘怕里梦涕’怎么讲？”等他写出来一看，原来是 introduction 和 parliament 他的音读的悬虚不是？你可不能给他纠正，他也不能信你，他那本无师自通上就是注的这几个字，书上还能有错吗？

上星期，他进步的更邪啦。我走进他的屋，他摊开一张英文的《北京导报》正看得起劲。

“哟！天赐，英文报都能看啦！”

“不成，只认得几个字，光为着练习眼睛。”

这家伙有些神魔鬼道的地方。

英文课停了三天。一个多月老是听着古文调的英文不知不觉的睡去，一旦缺了这种音乐赶情和吃惯安眠药片一样，不吃还不行呢。我简直三天没睡好午觉。我又不敢过去劝说或安慰他。他高兴的时候，能追着你整天粘着你，可是赶上他犯牛性的时候，对面他能不理你，你上他屋里去，他都能点完头，自己看书不和你说一句话，把你僵在那儿坐不得走不得的。我已经赶上两次他犯牛性了。

第四天午后，我刚拿了本书在床上歪着，又听见他宣诵英文。我心里一松，睡了个好觉。五点多钟，我冒着险在他门上敲了两下。

“进来，大成！”声音像是挺喜欢的。

我进去一看，这屋子全改了样，我不认识了。三块铺板的床不靠墙上，摆在屋的中央，大红棉被也不见了。上面蒙着一床条子布的被单。床头放着一张小茶儿，铺着白布。一个喷银的相片架子，天赐的像，占据了茶儿的中心；一个烧料的鸡红血花瓶，插着一把小黄野菊在左边陪着“天赐”。书桌也挪了地方，现在是冲着西南角儿斜放着。桌的左角上是一个画木的小镜框，里面镶着阮玲玉的照片。一张红吃墨纸铺在中间，上边斜放着一支派克自来水笔。右边上立着一排十几册厚的半新旧的西文书。我翻了翻，有康德的哲学，有英文本的《圣经》，有达尔文的物种原始，有温德华士的大代数，有一九二一年的 Who’s Who，还有一册法文本的卢骚的《忏悔录》的下集……反正全是天赐再过五年也看不懂的书。这些书大约都是为练习眼睛的。天赐的旧皮鞋，脸盆，牙刷，全看不见了，恐怕全藏在柳条包去了。迎门摆着一把旧藤椅和一把小一号儿的簇新的藤椅，大概是他自己添置的。小黄菊放着香味儿，细一闻却是花露水味儿；把花露水喷在小菊上，在天赐，是很可辨出来的，我没问他。我进来的时候，天赐在全副新装坐在新的藤椅上，也没看书，也没看报。大概是收拾好屋子自己赏鉴呢。

我没表示一点惊讶的神气，更没敢说什么能够表示惊讶的话。屋子不该收拾吗？莫非平常不这么漂亮？我知道倘若我一显出惊异，他必会说这两句话反驳我。我很随便的坐在他的旧藤椅上。他给我倒了碗开水，一定请我换到新的椅上。我们很快活的谈了一会儿，可是赶到我无心中提到“北海”，他又不言了。我怕再失言，赶紧回了房。

下星期要正式开课，天赐已望得眼穿了。可是开了课他还不定玩出什么故事，他不定要怎样的失望。你若不腻烦，下回再给你细说。

大成

（未完）*

* 牛天赐的故事，赶上现实中时局动荡，老舍辞了教职，赵少侯也离开了青岛，转到北京去教书。《天书代存》又半途而废了……

牛天赐传

产品经理 | 杨子铎　　装帧设计 | 林　林

技术编辑 | 丁占旭　　执行印制 | 刘　淼

监　　制 | 曹俊然　　出 品 人 | 于　桐

图书在版编目（C I P）数据

牛天赐传 / 老舍著. -- 昆明 : 云南人民出版社,
2019.10
ISBN 978-7-222-18528-9

Ⅰ. ①牛… Ⅱ. ①老… Ⅲ. ①长篇小说 - 中国 - 现代
Ⅳ. ①I246.5

中国版本图书馆CIP数据核字(2019)第171209号

责任编辑：刘　娟
装帧设计：林　林
责任校对：周　彦
责任印制：马文杰

牛天赐传
老舍　著

出版　云南出版集团　云南人民出版社
发行　云南人民出版社
社址　昆明市环城西路609号
邮编　650034
网址　www.ynpph.com.cn
E-mail　ynrms@sina.com
开本　880mm × 1230mm　1/32
印张　8
印数　1—10, 000
字数　163千字
版次　2019年10月第1版第1次印刷
印刷　河北鹏润印刷有限公司
书号　ISBN 978-7-222-18528-9
定价　39.80元